FC

Grimm

Märchen
Contes

Choix de contes
traduits de l'allemand
préfacés et annotés
par Marthe Robert

Gallimard

PRÉFACE

En entreprenant de rassembler, de transcrire et de publier les contes populaires dont la tradition vivait encore à leur époque dans les pays allemands, les frères Grimm ne songeaient guère qu'à les sauver de l'oubli avant que leur déclin fût irrémédiable. L'extraordinaire fortune des deux petits livres[1] qui portent à bon droit leur nom dit assez qu'ils ont réussi, et au-delà de ce qu'ils espéraient sans doute, car grâce à eux, grâce à leur amour et à leur scrupuleuse patience, ces petits chefs-d'œuvre jugés jadis tout juste bons « à dormir debout » sont entrés d'un coup dans la littérature et, même, dans l'histoire de la pensée. Avant eux, en effet, quoique Perrault les eût mis à la mode parmi les gens de goût et les lettrés, personne n'eût cherché dans les contes autre chose que les produits naïfs, charmants et un peu simples, d'une imagination populaire dont le bénéfice semblait exclusivement réservé aux vieilles femmes et aux enfants. Si l'on se divertissait à les lire, voire à en écrire, on ne s'interrogeait guère sur leur raison d'être, et leur sens paraissait assez clair pour se résumer dans une brève moralité qui, tout en les rendant utiles, avait aussi l'avantage de compenser leurs bizarreries. Il est probable que les philologues allemands eux-mêmes n'eussent pas beaucoup dépassé cette façon de voir si la logique de leur méthode ne les y

1. Référence à la première édition allemande.

eût conduits, en leur ouvrant pour ainsi dire à l'improviste un chemin tout encombré d'obstacles et de questions. Leur grand mérite est d'avoir frayé ce chemin dans une contrée à peu près aussi broussailleuse que les forêts enchantées de leurs contes, et sans crainte de s'y perdre.

L'admirable transcription qu'ils avaient faite avec une ferveur où l'on retrouve la piété des anciens bardes, autant que la rigueur sans faille du critique, elle servait certes d'abord la poésie en restituant à la littérature populaire sa perfection et sa noblesse, mais elle donnait aussi matière à une véritable science, inconcevable tant qu'on ne disposait que de quelques contes isolés, recueillis par jeu ou au hasard. A mesure que les recueils du même genre se multipliaient et faisaient connaître le folklore de l'Europe, on découvrait entre tous les contes des analogies extrêmement précises que leur constance même empêchait d'expliquer par une rencontre fortuite. Non seulement, en effet, les récits des pays les plus divers avaient une trame commune, mais leurs éléments se trouvaient agencés et combinés de façon identique, à quelques variantes près qui soulignaient encore une nette continuité des thèmes. Comment expliquer cette similitude autrement que par une origine commune ? Mais à peine soulevée, la question de l'origine et de la diffusion des contes soulevait celle de leur sens possible, car si ces histoires s'étaient propagées d'âge en âge à partir d'une unique origine, on pouvait difficilement les tenir pour tout à fait absurdes, il fallait croire au contraire qu'elles avaient eu un sens, lequel s'était naturellement obscurci à mesure qu'elles s'éloignaient de leurs lointains commencements. Afin d'élucider ces problèmes qui faisaient perdre aux contes leur caractère apparemment si anodin, les frères Grimm formulèrent une théorie séduisante qui passa longtemps pour être conforme à la vérité. En philologues principalement préoccupés des origines de leur langue, ils furent amenés à penser que tous les récits merveilleux qui forment le fond du folklore européen sont d'origine aryenne, et doivent être regardés comme des réminiscences plus ou moins vives ou pâlies des mythes conçus en des temps immémoriaux par le peuple d'où sont descendus les Hindous, les Perses, les Grecs, les Romains et la plupart des peuples de l'Europe. En se déplaçant, les diverses tribus aryennes ont emporté ces résidus de leur mythologie qui, avec des variantes et des déformations entraînées par l'adaptation à de nouveaux climats comme à de nouvelles formes de vie, se retrouvent dans tous les contes des peuples issus de la même race. « Ces éléments, écrit Wilhelm Grimm, que l'on retrouve dans tous les contes ressemblent à des fragments d'une pierre brisée qu'on aurait dispersés sur le sol, au milieu du gazon et des fleurs : les yeux les plus perçants peuvent seuls les découvrir. Leur signification est perdue depuis longtemps, mais on la sent encore, et c'est ce qui donne au conte sa valeur. »

Ainsi les frères Grimm et les savants de leur école croient pouvoir expliquer les contes par les mythes dont ils dérivent, en ramenant les uns et les autres à une seule théorie : pour eux, contes et mythes sont la représentation du grand drame cosmique ou météorologique que l'homme, dès l'enfance de son histoire, ne se lasse pas d'imaginer. Rien de plus simple, dès lors, que d'interpréter, sinon le détail, du moins le dessin général de chaque conte : si les personnages mythiques sont les personnifications des phénomènes naturels, astres, lumière, vent, tempête, orages, saisons, il faut comprendre la Belle au Bois Dormant comme le Printemps ou l'Été engourdi par l'Hiver, et la léthargie où elle est plongée pour s'être piqué le doigt avec la pointe d'un fuseau, comme le souvenir de l'anéantissement dont les dieux aryens sont menacés au seul contact d'un objet aigu. Il s'ensuit que le jeune prince qui la réveille représente certainement le soleil printanier. (Notons que la version de Perrault semble

*soutenir cette façon de voir; la Belle et le Prince y ont en effet
deux enfants, le petit Jour et la petite Aurore, tandis que la
version allemande s'arrête au mariage, comme il est presque de
règle pour les contes de ce type.) En appliquant le même procédé,
on trouve que Cendrillon est une Aurore éclipsée par des nuages
— les cendres du foyer — enfin dissipés par le soleil levant —
le jeune prince qui l'épouse. Et dans toute jeune fille qui, en
butte aux désirs incestueux de son père, se couvre d'une peau de
bête pour lui échapper (dans notre recueil, c'est* Peau-de-
Mille-Bêtes, *variante du* Peau-d'Ane *de Perrault), il faut
reconnaître l'Aurore poursuivie par le soleil ardent dont elle
redoute la brûlure. Dans cette interprétation, dite « natura-
liste », tous les récits ont à peu près le même sens, et le conte lui-
même relève de la pure métaphore, c'est une image poétique,
l'expression voilée d'un sentiment du monde et de la nature, tels
que les concevaient en leur enfance les peuples de nos pays.*

*Sans entrer dans la discussion d'une théorie qui fut
diversement complétée, étendue, réfutée et n'a plus guère
aujourd'hui qu'une valeur historique, notons cependant qu'elle
fut surtout ruinée par la connaissance des folklores non
européens, qui devait mettre en évidence la parenté étroite de tous
les contes, quel que soit leur lieu d'origine. A la fois trop étroite
et trop large, la théorie des frères Grimm apparaît maintenant
comme une hypothèse, mais on lui doit un rapprochement fécond
entre deux ordres de phénomènes jadis fort éloignés dans la
pensée des érudits. En cherchant à établir les rapports du conte et
du mythe, elle a mis pour la première fois en lumière l'expérience
humaine tout à fait générale que le conte, comme le mythe et la
légende, est chargé en même temps de voiler et de transmettre. Et
c'est cela qui importe bien plus que la traduction en clair des
allégories du monde féerique, car cette expérience qui est au fond
de tout récit merveilleux, elle a pu changer de formes, mais elle*

n'a cessé de s'affirmer en dépit des plus grands changements sociaux et religieux. Ainsi les contes de fées qui se sont propagés dans des pays depuis longtemps chrétiens nous restituent avec une fidélité surprenante quantité de rites, de pratiques et d'usages qui révèlent un attachement tenace au paganisme. Et ce ne sont point là de simples souvenirs, car le conte, on l'a remarqué dès longtemps, enseigne quelque chose, il est à sa manière modeste un petit ouvrage didactique. Qu'exprime-t-il en effet sous ses couleurs fantastiques ? Pour l'essentiel, il décrit un passage — passage nécessaire, difficile, gêné par mille obstacles, précédé d'épreuves apparemment insurmontables, mais qui s'accomplit heureusement à la fin en dépit de tout. Sous les affabulations les plus invraisemblables perce toujours un fait bien réel : la nécessité pour l'individu de passer d'un état à un autre, d'un âge à un autre, et de se former à travers des métamorphoses douloureuses, qui ne prennent fin qu'avec son accession à une vraie maturité. Dans la conception archaïque dont le conte a gardé le souvenir, ce passage de l'enfance à l'adolescence, puis à l'état d'homme, est une épreuve périlleuse qui ne peut être surmontée sans une initiation préalable, c'est pourquoi l'enfant ou le jeune homme du conte, égaré un beau jour dans une forêt impénétrable dont il ne trouve pas l'issue, rencontre au bon moment la personne sage, âgée le plus souvent, dont les conseils l'aident à sortir de l'égarement.

Si la tradition française affaiblit le caractère initiatique du conte au profit d'un érotisme mal déguisé et d'une morale le plus souvent conformiste, le conte allemand, manifestement moins « civilisé », lui conserve toute sa vigueur. La différence est très sensible quand les deux traditions traitent le même sujet — Cendrillon, la Belle au Bois Dormant, Peau-d'Ane, etc. — surtout en ce qui touche le personnage central de la fée. Ainsi, on chercherait en vain dans la plupart des contes de ce recueil la fée

*à la robe scintillante qui, l'étoile au front et la baguette à la main,
vient arranger à point nommé les affaires de cœur des jeunes gens.
Elle est remplacée par un personnage qui ne lui ressemble guère et
dont le caractère effacé contraste fort avec son propre éclat. C'est,
le plus souvent, une vieille femme que le conteur ne s'attarde pas à
décrire, mais dont la figure ne laisse pas d'être équivoque, car on
ne sait trop à première vue ce qu'il faut en attendre, si elle est une
puissance tutélaire ou une sorcière acharnée au mal. Cette vieille
inquiétante est tout à fait privée de rayonnement, elle ne provoque
ni l'admiration, ni la reconnaissance, ni l'amour. Sèche et
décharnée même quand elle favorise le bonheur, elle n'a rien de la
fée radieuse qui se confond pour les orphelins avec la tendre figure
de la mère morte. Elle apparaît peu, on la rencontre quand on est
perdu sans recours, elle n'est pas la « marraine » de ceux qu'elle
aide, si elle assiste parfois à leur naissance, elle ne vient pas à leur
mariage, et sitôt sa tâche faite, elle disparaît. En somme, elle a si
peu les traits indispensables à la fée qu'on serait presque tenté de
lui refuser cette qualité.*

*De fait, le conte allemand ne l'appelle pas « fée », quand il
lui donne un nom, c'est celui de « sage-femme », que nous avons
conservé dans notre texte à cause précisément de son double sens
et de l'interprétation dont il est susceptible. Avant d'être
magicienne ou sorcière, en effet, la « sage-femme », comme les
Moires grecques et les Nornes germaniques, paraît bien présider
à la naissance de l'homme, dont elle figure le Destin. (On
remarquera que la vieille de nos contes est souvent fileuse.) Mais
si l'on s'en tient au langage populaire, qui fait de la « sage-
femme » une accoucheuse, on peut supposer que dans la société
archaïque où s'est fixée son image, la fée est celle qui met les
enfants au monde en appliquant les règles de la « sagesse »,
c'est-à-dire en veillant à la stricte observance des rites qui
président à la naissance comme à tout acte important de la vie.*

Quoique ses traits se soient considérablement dégradés, la vieille des contes de Grimm a gardé en partie son caractère de gardienne des rites et de la tradition, ce qui explique la crainte et le respect dont elle est généralement entourée. Ni bonne ni mauvaise, ni fée ni sorcière, elle est l'une ou l'autre selon les cas, pour rappeler la nécessité des coutumes rituelles par quoi les grands événements de la vie prennent leur sens. Voici, par exemple, la Belle au Bois Dormant. Grimm nous dit que dans le royaume de son père, il y a en tout treize sages-femmes (Perrault ne connaît que sept fées, mais la dernière se trouve exclue de la cérémonie de la naissance pour une raison analogue). Or le roi ne peut les inviter toutes, parce qu'il ne possède que douze assiettes d'or et que, de toute évidence, les sages-femmes ne peuvent être servies dans une autre vaisselle. La treizième est donc « oubliée », et cet oubli, qui est un manquement au rituel, entraîne pour l'enfant une interdiction grave, celle de se servir d'un fuseau, c'est-à-dire de faire norma-lement son métier de jeune fille. Cette interdiction entraîne un nou-vel oubli, car on détruit tous les fuseaux, sauf un, laissé aux mains d'une vieille fileuse dans laquelle nous pourrions bien reconnaître la sage-femme elle-même, et il s'ensuit une dernière épreuve, atténuation de la mort primitive : le sommeil de Cent Ans, auquel seul mettra fin le rite nuptial correctement accompli. Mal née, puisque sa naissance s'accompagne d'un acte manqué, la Belle ne peut donc se développer sans risquer à tout instant la mort. Son passage à l'adolescence se fait dans une profonde léthargie, et c'est avec un long retard qu'elle s'éveille enfin à l'amour.

Accoucheuse, savante, et bien entendu magicienne, grâce à ses relations étroites avec les forces obscures de la vie, la « sage-femme » [1] *nous renseigne mieux que la fée romantique de nos*

---

1. Dans les contes La Belle au Bois Dormant, La gardeuse d'oies à la fontaine et L'ondine de l'étang (die weise Frau).

*pays sur la tâche dont son antique modèle était probablement
chargé : transmettre aux individus qui en ont le plus besoin,
enfants et adolescents, la connaissance des pratiques religieuses
et sociales par quoi l'homme peut s'insérer dans l'ordre des
choses, venir vraiment au monde et y être à sa place. Si telle est
sa fonction, on comprend enfin le paradoxe du conte qui, de tout
temps destiné aux enfants, traite avec prédilection le sujet le
moins approprié à une littérature enfantine : la quête érotique de
l'objet aimé, à travers mille épreuves douloureuses. En réalité,
la contradiction n'existe que pour nous, selon les critères de notre
morale pédagogique : le personnage de la « sage-femme »,
dépositaire des rites, initiatrice et conseillère au sens véritable du
mot, permet aisément de l'écarter. Et l'on voit bien dès lors
pourquoi le conte est à la fois si innocent et si cruel, pourquoi il
se complaît à évoquer des actes sanglants, meurtres, mutilations,
sacrifices humains, comme s'il s'agissait là non point de faits
révoltants, mais de choses qui vont de soi. C'est que la cruauté
est liée au monde rituel dont il est le lointain reflet et que, bien
loin qu'il ait à taire le caractère sanglant de la vie, il est là en
quelque sorte pour le manifester. Rien d'étonnant si le sang est
partout dans le récit merveilleux, si les jeunes filles se mutilent
les pieds au moment de leur mariage (les deux sœurs de
Cendrillon, dénoncées par le « sang dans la pantouk ») ou se
laissent couper les mains par leur père (la Jeune Fille sans
mains), si les pères sacrifient leur fils (le fidèle Jean, les Douze
Frères, le Corbeau, et tant d'autres) et les maris leur femme
bien-aimée : le sang consacre le passage rituel auquel nul ne
peut se soustraire. Le sacrifice sanglant peut aussi s'accompagner d'une ascèse : jeûne complet, interdiction de parler et de rire
(souvent acceptée par les jeunes filles pour le salut de leur frère),
long isolement dans la forêt obscure — de toute façon l'épreuve
est la raison d'être du conte, la matière même de son*

enseignement. On peut admirer que cet enseignement se soit maintenu avec autant d'obstination, en dépit des courants puissants qui tendaient à l'abolir, et surtout du christianisme. Peut-être le doit-il à ces vieilles femmes, bonnes femmes ou nourrices, qui, le transmettant de génération en génération, jouèrent modestement au coin du feu, et probablement sans le savoir, le rôle jadis prestigieux de la sage-femme et de la fée.

On voit que les qualités les plus apparentes du conte, sa naïveté, son charme enfantin, sont loin de justifier son étonnante survie. En réalité, il est profondément ambigu, et s'il plaît par la simplicité de son dessin, il fascine par tout ce que l'on y sent de vrai, quand même on ne tenterait pas de traduire sa vérité. Tout masqué qu'il est par les symboles et les images, il parle cependant un langage plus direct que le mythe ou la fable, par exemple, et les enfants le savent d'instinct, qui y « croient » dans la mesure même où ils y trouvent ce qui les intéresse le plus au monde : une image identifiable d'eux-mêmes, de leur famille, de leurs parents. C'est là sans doute l'un des secrets du conte, et l'explication de sa durée : il parle uniquement de la famille humaine, il se meut exclusivement dans cet univers restreint qui, pour l'homme, se confond longtemps avec le monde lui-même, quand il ne le remplace pas tout à fait. Le « royaume » du conte, en effet, n'est pas autre chose que l'univers familial bien clos et bien délimité où se joue le drame premier de l'homme. Le roi de ce royaume, il n'en faut pas douter, c'est un époux et un père, rien d'autre, du moins est-ce comme tel qu'il nous est présenté. Sa richesse fabuleuse, sa puissance, l'étendue de ses possessions, il faut croire qu'elles ne sont là que pour donner du relief à l'autorité paternelle, car pour le reste, autant dire que nous ne savons rien de lui. La plupart du temps, le conte se borne à l'introduire par la formule traditionnelle : « Il était une fois un roi... » puis, ajoutant

aussitôt : « ... qui avait un fils... », il l'oublie sur-le-champ et
s'attache aux aventures du fils, jusqu'à la fin où il ne se souvient
de lui que pour la réconciliation dernière. Il n'en va d'ailleurs
pas autrement quand le roi est remplacé par un homme
quelconque, ce qui, on le verra dans maint conte de ce recueil,
n'entraîne aucun changement sensible de l'histoire. De quelque
valeur symbolique qu'on puisse le charger, le roi, au moins dans
ce que nous voyons de lui, est simplement un homme défini par
ses liens charnels et affectifs avec les membres de sa famille. Il
n'est jamais célibataire, et quand il est veuf, ce qui lui arrive
souvent, il n'a pas d'affaire plus pressée que de se remarier (la
raison d'État n'est ici encore alléguée que pour augmenter sa
puissance, car l'homme ordinaire n'agit pas autrement :
« Quand vint l'hiver, *dit mélancoliquement le conteur de*
Cendrillon, la neige mit un tapis blanc sur la tombe et
quand le soleil du printemps l'eut retiré, l'homme prit
une autre femme. ») *Le roi ne peut rester sans femme, encore
bien moins sans enfants, et s'il lui arrive de se trouver dans cette
situation fâcheuse, le conte s'empresse de l'en sortir. La reine, de
son côté, n'a pas d'autre fonction ni d'autre raison d'être que
celle d'épouse et de mère. Quant au prince et à la princesse, ils
sont par excellence fils ou fille jusqu'au moment du moins où ils
fondent à leur tour une famille et marquent ainsi la fin d'un
règne : celui de la vieille génération.*

*Avec une remarquable économie de moyens, le conte, et
spécialement le conte de Grimm, nous présente donc un petit
roman familial dont le schéma est pour ainsi dire invariable :
un enfant naît dans une famille anonyme en un lieu non situé
(l'anonymat des lieux est constant, mais on remarquera aussi
combien les noms de personnages sont rares dans nos histoires :
on parle simplement du héros comme du « prince » ou plus
souvent encore comme du « jeune homme ») ; il est, selon les cas,*

*aimé de ses parents ou maltraité par eux, et chose remarquable,
les pires traitements lui viennent surtout de sa mère, dont la
férocité tranche nettement sur la bonté un peu lâche, un peu
rêveuse aussi, du père. (On ne trouvera dans notre recueil que
deux ou trois pères bourreaux, par exemple, celui de* La
Gardeuse d'Oies à la Fontaine, *et celui des* Douze
Frères, *tandis que les « marâtres » ne se comptent pas. Et le
fait que la « marâtre » soit donnée comme belle-mère ne saurait
tromper sur sa vraie nature : c'est bien de la mère cruelle,
dévoratrice, jalouse, qu'il s'agit dans le conte, car la mère
tendre, aimante, dévouée à ses enfants jusqu'au sacrifice, est, à
quelques exceptions près, toujours une personne lointaine ou une
figure de morte.) Jamais l'enfance du héros merveilleux ne se
passe sans accidents : s'il est aimé de ses parents, il est haï d'un
frère ou d'une sœur. S'il est entouré d'affection, il est poursuivi
par une faute antérieure à sa naissance, généralement commise
par l'un des siens : oubli, vœu imprudent, promesse naïve au
diable. De sorte qu'il ne peut grandir normalement : à peine
adolescent, il lui faut quitter sa famille et aller, comme dit si
joliment le conteur, tenter sa chance « dans le vaste monde »...
Et là, dans ce monde de la « forêt obscure » où il s'égare
nécessairement, il rencontre le besoin, l'angoisse de la solitude et
la première atteinte de l'amour. Il lui faut alors s'engager sur le
chemin semé d'embûches où une volonté mauvaise le pourchasse,
comme si l'éloignement même ne pouvait le soustraire à la
fatalité familiale. Sa seule chance de salut est de rencontrer
l'être aimé qui le « délivre » de l'enchantement où le tiennent
encore ses attachements infantiles. Malheur à lui s'il ne sait pas
trancher ces liens d'une main ferme et pour toujours — en
coupant par exemple toutes les têtes du dragon avec leurs
langues ; si, cédant à la nostalgie qui le pousse vers la maison
paternelle, il oublie la prédiction de la jeune fille qu'il aime et*

embrasse ses parents « sur la joue gauche » ou leur dit « plus de trois mots ». Cela suffit à le replonger dans l'oubli, l'inconscience, le chaos de l'enfance d'où il a eu tant de peine à sortir et si, rêveur éveillé, il accepte une femme des mains de ses parents en renonçant au libre choix de son amour, il se perd lui-même pour longtemps en perdant sa « vraie fiancée ».

Il est vrai, le prince du conte féerique ne saurait sans plus de précaution se confondre avec Œdipe, pour cette raison déjà que le conte ne traite jamais le thème incestueux de son point de vue, mais toujours relativement au père, dont les désirs sont souvent révélés fort crûment (il est moins réticent dans les histoires où domine l'amour fraternel, qui sont du reste très nombreuses). Mais tout suggère que le danger qu'il fuit en quittant sa famille est celui-là même dont nous parle la tragédie antique. La seule différence, c'est qu'il triomphe toujours de l'épreuve et que le double crime d'Œdipe lui est épargné : quelque violence que prenne le conflit dont le royaume paternel est le théâtre, il a la force de le surmonter ; si tenaces soient ses attachements infantiles, il lui est donné de les rompre et de « vivre heureux jusqu'à la fin de ses jours ». Exemple d'une réussite parfaite là où Œdipe précisément échoue, il démontre avec éclat, au cours d'une action dramatique fortement condensée, que la métamorphose de l'enfant en adulte est pleine de périls, mais possible, et qu'elle seule peut mener l'homme à ce haut degré de bonheur dans l'amour dont le conte fait son idéal humain.

Avec des traits et un style épiques, le conte de fées est donc encore un véritable petit roman « d'éducation sentimentale », et rien ne justifie mieux sans doute sa vocation pédagogique. Son propos est grave sous l'air qu'il se donne de distraire, et rien n'empêche de croire qu'il est conscient de sa responsabilité. Mais quelle grâce il a dans l'exercice de la fonction qu'il s'est dévolue, quel art il met dans sa façon d'enseigner ! Et comme il sait choisir ses détails, avec quelle liberté, quel humour en dépit de ses propres conventions, il brouille les cartes du réel et du rêve, du vrai et de l'illusion. Quoiqu'il n'ait affaire qu'au royaume du désir, où rien ne sépare le souhait de son accomplissement, il pose sur la réalité quotidienne, celle du travail obscur, de la souffrance et de la patience forcée de chaque jour, un regard vif, clairvoyant, gai ou attristé, mais toujours plein de chaleur et brillant d'amour pour la vie. S'il propose un monde consolateur où toute misère est compensée par la réalisation des désirs les plus impossibles, il a trop de respect pour nier la misère elle-même, bien plutôt il marque mélancoliquement sa place : « Ces choses-là n'arrivent plus de nos jours, *est-il dit dans* La Gardeuse d'Oies *à propos de larmes qui se changent en perles, sans cela les pauvres gens auraient tôt fait de devenir riches.* » *Certes, le conte féerique abolit les lois naturelles à son gré, mais il reste pétri de chair et de sang, jamais il n'ignore le corps de son héros, il le décrit en proie au besoin, à la faim, au froid, aux dures fatigues de la route. Il n'est pas jusqu'aux malheurs de la guerre dont il ne rappelle le souvenir, et toujours, avant d'élever le simple soldat à la royauté dont, à défaut de vertu, au moins sa vaillance et ses épreuves le rendent digne, il le montre découragé et humilié, aigri et prêt à tout, ainsi que le sont de tout temps les mercenaires sans emploi. Le conte ne se borne pas à animer les vastes contrées dont le roi tout-puissant est le rêve, comme toute œuvre profonde et poétique, il est attentif, respectueux de la vie dans ses manifestations les plus humbles ; par là il gagne son principal privilège, qui est de mentir sans accréditer l'illusion, en restant vrai.*

La grâce et l'art — voilà finalement ce que les contes trouvent de plus fort pour se protéger des entreprises inquiétantes peut-être de la science. Personne ne l'a mieux su que les frères Grimm, dont le premier souci fut de les préserver pour ainsi dire *contre leur propre tentation de chercheurs, en veillant que rien d'impur ne s'y mêlât, fût-ce pour les rehausser ou les enrichir. C'est par miracle qu'ils y sont parvenus, ou plutôt par l'effet d'une rare alliance entre le savoir et la poésie. Tout comme l'enfant de leur dernier conte, ils nous tendent la clef d'or qu'ils croient avoir trouvée sous la neige, mais ils ne nous forcent pas à la prendre, la clef est si belle, d'un travail si fin et d'un si pur éclat, que nous pouvons nous contenter de l'admirer sans songer à nous en servir.*

Marthe Robert.

Märchen
Contes

Der treue Johannes

Es war einmal ein König, der war krank und dachte : Es wird wohl das Totenbett sein, auf dem ich liege. Da sprach er : »Laßt mir den getreuen Johannes kommen.« Der getreue Johannes war sein liebster Diener und hieß so, weil er ihm sein lebelang so treu gewesen war. Als er nun vor das Bett kam, sprach der König zu ihm : »Getreuester Johannes, ich fühle, daß mein Ende herannaht, und da habe ich keine andere Sorge als um meinen Sohn — er ist noch in jungen Jahren, wo er sich nicht immer zu raten weiß, und wenn du mir nicht versprichst, ihn zu unterrichten in allem, was er wissen muß, und sein Pflegevater zu sein, so kann ich meine Augen nicht in Ruhe schließen.« Da antwortete der getreue Johannes : »Ich will ihn nicht verlassen und will ihm mit Freude dienen, wenn's auch mein Leben kostet.« Da sagte der alte König : »So sterb' ich getrost und in Frieden.« Und sprach dann weiter : »Nach meinem Tode sollst du ihm das ganze Schloß zeigen, alle Kammern, Säle und Gewölbe und alle Schätze, die darin liegen —

Le fidèle Jean

Il était une fois un roi qui était malade et pensait :
« Ce lit où je suis couché sera sans doute mon lit de
mort. » Alors il dit : « Faites-moi venir le fidèle Jean. »
Le fidèle Jean était son serviteur préféré et il s'appelait
ainsi parce qu'il lui avait été si fidèle toute sa vie.
Quand il fut à son chevet, le roi lui dit : « Mon fidèle
Jean, je sens que ma fin approche, et je n'ai pas d'autre
souci que celui de mon fils : il est encore à un âge
tendre où on ne sait pas toujours quel parti prendre, et
si tu ne me promets pas de l'instruire en tout ce qu'il
doit savoir et d'être son père adoptif, je ne pourrai pas
fermer les yeux en paix. » Alors le fidèle Jean répondit : « Je ne l'abandonnerai pas et le servirai fidèle-
ment, dût-il m'en coûter la vie. » Et le vieux roi lui dit :
« En ce cas je mourrai sans crainte et en paix. » Puis il
ajouta : « Après ma mort, tu lui montreras tout le
château, toutes les chambres, les salles, les souterrains
et les trésors qui y sont :

aber die letzte Kammer in dem langen Gange sollst du
ihm nicht zeigen, worin das Bild der ›Königstochter
vom goldenen Dache‹ verborgen steht. Wenn er das
Bild erblickt, wird er eine heftige Liebe zu ihr
empfinden und wird in Ohnmacht niederfallen und
wird ihretwegen in große Gefahren geraten; davor
sollst du ihn behüten.« Und als der treue Johannes
nochmals dem alten König die Hand darauf gegeben
hatte, ward dieser still, legte sein Haupt auf das Kissen
und starb.

Als der alte König zu Grabe getragen war, da
erzählte der treue Johannes dem jungen König, was er
seinem Vater auf dem Sterbelager versprochen hatte,
und sagte: »Das will ich gewißlich halten und will dir
treu sein, wie ich ihm gewesen bin, und sollte es mein
Leben kosten.« Die Trauer ging vorüber, da sprach
der treue Johannes zu ihm: »Es ist nun Zeit, daß du
dein Erbe siehst – ich will dir dein väterliches Schloß
zeigen.« Da führte er ihn überall herum, auf und ab,
und ließ ihn alle die Reichtümer und prächtigen
Kammern sehen – nur die eine Kammer öffnete er
nicht, worin das gefährliche Bild stand. Das Bild war
aber so gestellt, daß, wenn die Türe aufging, man
gerade darauf sah, und war so herrlich gemacht, daß
man meinte, es leibte und lebte und es gäbe nichts
Lieblicheres und Schöneres auf der ganzen Welt. Der
junge König aber merkte wohl, daß der getreue
Johannes immer an einer Tür vorüberging, und
sprach: »Warum schließest du mir diese niemals
auf?« – »Es ist etwas drin«, antwortete er, »vor dem du
erschrickst.«

mais tu ne lui montreras pas la dernière chambre au bout du long couloir où est caché le portrait de la princesse du Toit d'or. S'il aperçoit ce portrait, il concevra pour elle une passion violente et tombera en syncope et sera à cause d'elle exposé à de grands malheurs ; c'est de cela que tu dois le protéger. » Et quand le fidèle Jean eut encore une fois donné sa parole au vieux roi, celui-ci se tut, posa sa tête sur l'oreiller et mourut.

Quand le vieux roi eut été porté en terre, le fidèle Jean raconta au jeune roi ce qu'il avait promis à son père sur son lit de mort et dit : « Je tiendrai certainement ma promesse, je te serai fidèle comme à lui, et dût-il m'en coûter la vie. » Quand le deuil fut passé, le fidèle Jean lui dit : « Il est temps à présent que tu voies ton héritage : je vais te montrer le château de ton père. » Alors il lui fit tout visiter de haut en bas et lui montra toutes les richesses et les chambres somptueuses mais il n'ouvrit pas cette unique chambre où se trouvait le portrait dangereux. Or, le portrait était placé de telle sorte que, lorsque la porte s'ouvrait, le regard tombait droit sur lui, et il était si magnifiquement fait qu'on eût dit qu'il avait un corps et vivait, et il n'y avait rien de plus charmant et de plus beau dans le monde entier. Cependant le jeune roi ne fut pas sans remarquer que le fidèle Jean passait toujours devant la même porte et il lui dit : « Pourquoi ne m'ouvres-tu jamais cette porte-là ? — Il y a quelque chose dedans, répondit-il, qui te causera une grande frayeur. »

Aber der König antwortete : »Ich habe das ganze
Schloß gesehen, so will ich auch wissen, was darin ist«,
ging und wollte die Türe mit Gewalt öffnen. Da hielt
ihn der getreue Johannes zurück und sagte : »Ich habe
es deinem Vater vor seinem Tode versprochen, daß du
nicht sehen sollst, was in der Kammer steht – es
könnte dir und mir zu großem Unglück ausschlagen.«
– »Ach nein«, antwortete der junge König, »wenn ich
nicht hineinkomme, so ist's mein sicheres Verderben ;
ich würde Tag und Nacht keine Ruhe haben, bis ich's
mit meinen Augen gesehen hätte. Nun gehe ich nicht
von der Stelle, bis du aufgeschlossen hast.«

Da sah der getreue Johannes, daß es nicht mehr zu
ändern war, und suchte mit schwerem Herzen und
vielem Seufzen aus dem großen Bund den Schlüssel
heraus. Als er die Türe geöffnet hatte, trat er zuerst
hinein und dachte, er wolle das Bildnis bedecken, daß
es der König vor ihm nicht sähe – aber was half das ?
Der König stellte sich auf die Fußspitzen und sah ihm
über die Schulter. Und als er das Bildnis der Jungfrau
erblickte, das so herrlich war und von Gold und
Edelsteinen glänzte, da fiel er ohnmächtig zur Erde
nieder. Der getreue Johannes hob ihn auf, trug ihn in
sein Bett und dachte voll Sorgen : Das Unglück ist
geschehen, Herr Gott, was will daraus werden ! Dann
stärkte er ihn mit Wein, bis er wieder zu sich kam. Das
erste Wort, das er sprach, war : »Ach ! Wer ist das
schöne Bild ?« – »Das ist die ›Königstochter vom
goldenen Dache‹ «, antwortete der treue Johannes.

Mais le jeune roi répondit : « J'ai vu tout le château, je veux savoir aussi ce qu'il y a là-dedans », il alla donc et voulut forcer la porte. Alors le fidèle Jean le retint et lui dit : « J'ai promis à ton père avant sa mort que tu ne verrais pas ce qu'il y a dans cette chambre : il pourrait s'ensuivre de grands malheurs pour toi et pour moi. — Que non, répondit le jeune roi, ma perte est bien plus sûre si je n'y entre pas : je n'aurai de répit ni jour ni nuit que je ne l'aie vu de mes propres yeux. Je ne quitterai pas la place tant que tu ne m'auras pas ouvert. »

Alors le fidèle Jean vit qu'il n'y avait plus rien à faire, et le cœur serré, en soupirant à fendre l'âme, il chercha la clé dans son grand trousseau. Quand il eut ouvert la porte, il entra le premier, pensant cacher le portrait afin que le roi ne le vît pas avant lui : mais à quoi bon ? Le roi se dressa sur la pointe des pieds et regarda par-dessus son épaule. Et quand il aperçut le portrait de la jeune fille, qui était si splendide et étincelait d'or et de pierreries, il tomba sans connaissance. Le fidèle Jean le releva, le porta sur son lit et se dit, soucieux : « Le malheur est arrivé, Dieu, que va-t-il advenir ! » Puis il lui donna du vin pour le réconforter jusqu'à ce qu'il retrouvât ses esprits. Le premier mot qu'il prononça fut : « Ah, qui est la femme de ce beau portrait ? — C'est la princesse du Toit d'or », répondit le fidèle Jean.

Da sprach der König weiter : »Meine Liebe zu ihr ist so groß – wenn alle Blätter an den Bäumen Zungen wären, sie könnten's nicht aussagen ; mein Leben setze ich daran, daß ich sie erlange. Du bist mein getreuster Johannes, du mußt mir beistehen.«

Der treue Diener besann sich lange, wie die Sache anzufangen wäre ; denn es hielt schwer, nur vor das Angesicht der Königstochter zu kommen. Endlich hatte er ein Mittel ausgedacht und sprach zu dem König : »Alles, was sie um sich hat, ist von Gold – Tische, Stühle, Schüsseln, Becher, Näpfe und alles Hausgerät. In deinem Schatze liegen fünf Tonnen Goldes, laß eine von den Goldschmieden des Reichs verarbeiten zu allerhand Gefäßen und Gerätschaften, zu allerhand Vögeln, Gewild und wunderbaren Tieren ; das wird ihr gefallen, wir wollen damit hinfahren und unser Glück versuchen.« Der König ließ alle Goldschmiede herbeiholen, die mußten Tag und Nacht arbeiten, bis endlich die herrlichsten Dinge fertig waren. Als alles auf ein Schiff geladen war, zog der getreue Johannes Kaufmannskleider an, und der König mußte ein Gleiches tun, um sich ganz unkenntlich zu machen. Dann fuhren sie über das Meer und fuhren so lange, bis sie zu der Stadt kamen, worin die ›Königstochter vom goldenen Dache‹ wohnte.

Der treue Johannes hieß den König auf dem Schiffe zurückbleiben und auf ihn warten. »Vielleicht«, sprach er, »bring ich die Königstochter mit, darum sorgt, daß alles in Ordnung ist, laßt die Goldgefäße aufstellen und das ganze Schiff ausschmücken.«

Alors le roi continua : « Mon amour pour elle est si grand que si toutes les feuilles des arbres étaient des langues, elles ne pourraient pas l'exprimer ; je mets ma vie en jeu pour l'obtenir. Tu es mon fidèle Jean, il faut que tu m'aides. »

Le fidèle Jean réfléchit longtemps à la façon d'entreprendre la chose ; car il serait difficile d'aller simplement se présenter à la princesse. Enfin il imagina un moyen et dit au roi : « Tout ce qui l'entoure est d'or, tables, chaises, plats, coupes, bols et tous ustensiles de ménage. Dans ton trésor il y a cinq tonnes d'or, donnes-en une aux orfèvres du royaume, qui en feront toutes sortes de vases et de récipients, et toutes sortes d'oiseaux, de bêtes sauvages et fabuleuses, ça lui plaira, nous irons la trouver avec ces objets et nous tenterons notre chance. » Le roi envoya chercher tous les orfèvres, ils durent travailler jour et nuit jusqu'à ce que fussent enfin achevées les pièces les plus superbes. Lorsqu'on eut chargé tout cela sur un navire, le fidèle Jean revêtit des habits de marchand, et le roi dut faire de même pour se rendre tout à fait méconnaissable. Puis ils prirent la mer et naviguèrent tant et si bien qu'ils arrivèrent à une ville où habitait la princesse du Toit d'or.

Le fidèle Jean dit au roi de rester seul sur le navire et de l'attendre : « J'amènerai peut-être la princesse avec moi, dit-il, c'est pourquoi veillez à ce que tout soit en ordre, faites exposer les objets d'or et parer tout le bateau. »

Darauf suchte er sich in sein Schürzchen allerlei von
den Goldsachen zusammen, stieg ans Land und ging
geradewegs zu dem königlichen Schloß. Als er in den
Schloßhof kam, stand da beim Brunnen ein schönes
Mädchen, das hatte zwei goldene Eimer in der Hand
und schöpfte damit. Und als es das blinkende Wasser
forttragen wollte und sich umdrehte, sah es den
fremden Mann und fragte, wer er wäre? Da antwortete
er : »Ich bin ein Kaufmann«, und öffnete sein Schürzchen und ließ sie hineinschauen. Da rief sie : »Ei, was
für schönes Goldzeug!« setzte die Eimer nieder und
betrachtete eins nach dem andern. Da sprach das
Mädchen : »Das muß die Königstochter sehen, die hat
so große Freude an den Goldsachen, daß sie Euch alles
abkauft.« Es nahm ihn bei der Hand und führte ihn
hinauf, denn es war die Kammerjungfer. Als die
Königstochter die Ware sah, war sie ganz vergnügt
und sprach : »Es ist so schön gearbeitet, daß ich dir
alles abkaufen will.« Aber der getreue Johannes
sprach : »Ich bin nur der Diener von einem reichen
Kaufmann — was ich hier habe, ist nichts gegen das,
was mein Herr auf seinem Schiff stehen hat, und das
ist das Künstlichste und Köstlichste, was je in Gold ist
gearbeitet worden.« Sie wollte alles heraufgebracht
haben, aber er sprach : »Dazu gehören viele Tage, so
groß ist die Menge, und so viel Säle, um es aufzustel-
len, daß Euer Haus nicht Raum dafür hat.« Da ward
ihre Neugierde und Lust immer mehr angeregt, so daß
sie endlich sagte : »Führe mich hin zu dem Schiff, ich
will selbst hingehen und deines Herrn Schätze be-
trachten.«

Là-dessus il fit un choix de toutes sortes d'objets qu'il mit dans son tablier, descendit à terre et se dirigea tout droit vers le château royal. Quand il arriva dans la cour, il vit à la fontaine une belle jeune fille qui avait deux seaux d'or à la main et puisait de l'eau. Et quand elle se retourna, voulant emporter l'eau scintillante, elle aperçut l'étranger et lui demanda qui il était. « Je suis marchand », répondit-il, et entrouvrant son tablier, il lui montra ce qu'il y avait dedans. « Oh, la belle vaisselle d'or ! » s'écria-t-elle, puis elle posa ses seaux et admira les objets l'un après l'autre. La jeune fille dit alors : « Il faut que la princesse voie cela, elle prend tant de plaisir aux objets d'or qu'elle vous achètera tout. » Elle le prit par la main et le conduisit en haut, car c'était la camériste. Quand la princesse vit les articles, elle fut toute joyeuse et dit : « C'est si joliment travaillé que je t'achète tout. » Mais le fidèle Jean répondit : « Je ne suis que le serviteur d'un riche marchand : ce que j'ai là n'est rien à côté de ce que mon maître a placé sur son navire, et ce sont les choses les plus ingénieuses et les plus précieuses qui furent jamais façonnées en or. » Elle voulut qu'on lui montât tout, mais il dit : « Il y en a tant qu'il faudrait de nombreux jours, et plus de salles pour les ranger que n'en contient votre maison. » Alors sa curiosité et son envie la reprirent de plus belle, et elle finit par dire : « Conduis-moi au navire, je veux y aller moi-même et contempler les trésors de ton maître. »

Da führte sie der getreue Johannes zu dem Schiffe hin und war ganz freudig, und der König, als er sie erblickte, sah, daß ihre Schönheit noch größer war, als das Bild sie dargestellt hatte, und meinte nicht anders, als das Herz wollte ihm zerspringen. Nun stieg sie auf das Schiff, und der König führte sie hinein; der getreue Johannes aber blieb zurück bei dem Steuermann und hieß das Schiff abstoßen: »Spannt alle Segel auf, daß es fliegt wie ein Vogel in der Luft.« Der König aber zeigte ihr drinnen das goldene Geschirr, jedes einzeln, die Schüsseln, Becher, Näpfe, die Vögel, das Gewild und die wunderbaren Tiere. Viele Stunden gingen herum, während sie alles besah, und in ihrer Freude merkte sie nicht, daß das Schiff dahinfuhr. Nachdem sie das letzte betrachtet hatte, dankte sie dem Kaufmann und wollte heim; als sie aber an des Schiffes Rand kam, sah sie, daß es fern vom Land auf hohem Meere ging und mit vollen Segeln forteilte. »Ach«, rief sie erschrocken, »ich bin betrogen, ich bin entführt und in die Gewalt eines Kaufmanns geraten; lieber wollt ich sterben!« Der König aber faßte sie bei der Hand und sprach: »Ein Kaufmann bin ich nicht, ich bin ein König und nicht geringer an Geburt, als du bist – aber daß ich dich mit List entführt habe, das ist aus übergroßer Liebe geschehen. Das erstemal, als ich dein Bildnis gesehen habe, bin ich ohnmächtig zur Erde gefallen.« Als die ›Königstochter vom goldenen Dache‹ das hörte, ward sie getröstet, und ihr Herz ward ihm geneigt, so daß sie gerne einwilligte, seine Gemahlin zu werden.

Alors le fidèle Jean, tout heureux, la conduisit au navire, et quand le roi l'aperçut, il vit que sa beauté était encore plus grande que sur le portrait, et il ne douta pas que son cœur n'allât éclater. Elle monta sur le bateau et le roi la fit entrer ; mais le fidèle Jean resta en arrière, auprès du timonier, et lui dit de démarrer : « Mettez toutes voiles dehors, que le navire vole comme un oiseau dans les airs. » A l'intérieur, cependant, le roi lui montrait la vaisselle d'or, chaque pièce séparément, les plats, les coupes, les bols, les oiseaux, les bêtes sauvages et les animaux fabuleux. Tandis qu'elle contemplait tout cela, les heures passèrent, et dans sa joie, elle ne remarqua pas que le navire voguait au large. Quand elle eut admiré la dernière pièce, elle remercia le marchand et voulut rentrer ; mais en s'approchant du bord du bateau, elle vit qu'il était en haute mer et s'éloignait à toutes voiles : « Ah, s'écria-t-elle, épouvantée, on m'a trompée, j'ai été enlevée et je suis tombée au pouvoir d'un marchand ; plutôt mourir ! » Mais le roi la prit par la main et lui dit : « Je ne suis pas marchand, je suis roi et je ne te suis pas inférieur par la naissance ; mais que je t'aie enlevée par ruse, cela n'est dû qu'à mon trop grand amour. La première fois que j'ai vu ton portrait, je suis tombé par terre, sans connaissance. » En entendant ces mots, la princesse du Toit d'or fut apaisée, et son cœur sentit un penchant pour lui, en sorte qu'elle consentit volontiers à devenir sa femme.

Es trug sich aber zu, während sie auf dem hohen Meere dahinfuhren, daß der getreue Johannes, als er vorn auf dem Schiffe saß und Musik machte, in der Luft drei Raben erblickte, die dahergeflogen kamen. Da hörte er auf zu spielen und horchte, was sie miteinander sprachen, denn er verstand das wohl. Der eine rief: »Ei, da führt er die ›Königstochter vom goldenen Dache‹ heim.« – »Ja«, antwortete der zweite, »er hat sie noch nicht.« Sprach der dritte: »Er hat sie doch, sie sitzt bei ihm im Schiffe.« Da fing der erste wieder an und rief: »Was hilft ihm das! Wenn sie ans Land kommen, wird ihm ein fuchsrotes Pferd entgegenspringen – da wird er sich aufschwingen wollen, und tut er das, so sprengt es mit ihm fort und in die Luft hinein, daß er nimmermehr seine Jungfrau wiedersieht.« Sprach der zweite: »Ist gar keine Rettung?« – »O ja, wenn ein anderer schnell aufsitzt, das Feuergewehr, das in den Halftern stecken muß, herausnimmt und das Pferd damit totschießt, so ist der junge König gerettet. Aber wer weiß das! Und wer's weiß und sagt's ihm, der wird zu Stein von den Fußzehen bis zum Knie.« Da sprach der zweite: »Ich weiß noch mehr; wenn das Pferd auch getötet wird, so behält der junge König doch nicht seine Braut – wenn sie zusammen ins Schloß kommen, so liegt dort ein gemachtes Brauthemd in einer Schüssel und sieht aus, als wär's von Gold und Silber gewebt, ist aber nichts als Schwefel und Pech; wenn er's antut, verbrennt es ihn bis auf Mark und Knochen.« Sprach der dritte: »Ist da gar keine Rettung?«

Or, tandis qu'ils s'éloignaient en haute mer, le fidèle Jean, qui était assis à l'avant et faisait de la musique, aperçut dans les airs trois corbeaux qui s'en venaient à tire-d'aile. Alors il cessa de jouer et écouta leur conversation, car il comprenait fort bien leur langage. L'un d'eux s'écria : « Hé, le voilà qui conduit chez lui la princesse du Toit d'or. — Oui, répondit le deuxième, il ne l'a pas encore. » Et le troisième : « Mais il l'a, elle est avec lui sur le bateau. » Le premier reprit alors : « La belle avance ! Quand ils seront à terre, un cheval roux bondira devant lui et il voudra se hisser sur son dos ; s'il le fait, il sera emporté au galop avec lui et disparaîtra dans les airs, si bien qu'il ne verra plus jamais sa fiancée. » Le deuxième dit : « N'y a-t-il pas de remède ? — Oh si, il faut qu'un autre se mette vivement en selle, prenne le fusil qui doit se trouver dans les fontes et tue le cheval d'un coup de feu, alors le jeune roi sera sauvé. Mais qui sait cela ! Et celui qui le saurait et le lui dirait serait changé en pierre depuis les orteils jusqu'aux genoux. » Alors le deuxième dit : « J'en sais davantage ; une fois le cheval tué, le jeune roi n'aura pas encore sa fiancée : quand ils arriveront ensemble au château, ils trouveront là, posée sur un plat, une chemise nuptiale factice qui a l'air d'être tissée d'argent et d'or, mais qui n'est que poix et soufre : s'il s'en revêt, il sera brûlé jusqu'à la moelle des os. » Le troisième dit : « N'y a-t-il pas de remède ?

– »O ja«, antwortet der zweite, »wenn einer mit Handschuhen das Hemd packt und wirft es ins Feuer, daß es verbrennt, so ist der junge König gerettet. Aber was hilft's! Wer's weiß und es ihm sagt, der wird halbes Leibes Stein vom Knie bis zum Herzen.« Da sprach der dritte : »Ich weiß noch mehr; wird das Brauthemd auch verbrannt, so hat der junge König seine Braut doch noch nicht – wenn nach der Hochzeit der Tanz anhebt und die junge Königin tanzt, wird sie plötzlich erbleichen und wie tot hinfallen, und hebt sie nicht einer auf und zieht aus ihrer rechten Brust drei Tropfen Blut und speit sie wieder aus, so stirbt sie. Aber verrät das einer, der es weiß, so wird er ganzes Leibes zu Stein vom Wirbel bis zur Fußzehe.« Als die Raben das miteinander gesprochen hatten, flogen sie weiter, und der getreue Johannes hatte alles wohl verstanden, aber von der Zeit an war er still und traurig; denn verschwieg er seinem Herrn, was er gehört hatte, so wurde dieser unglücklich, entdeckte er es ihm, so mußte er selbst sein Leben hingeben. Endlich aber sprach er bei sich : »Meinen Herrn will ich retten, und sollt ich selbst darüber zugrunde gehen.«

Als sie nun ans Land kamen, da geschah es, es sprengte ein prächtiger fuchsroter Gaul daher. »Wohlan«, sprach der König, »der soll mich in mein Schloß tragen«, und wollte sich aufsetzen, doch der treue Johannes kam ihm zuvor, schwang sich schnell darauf, zog das Gewehr aus dem Halfter und schoß den Gaul nieder. Da riefen die andern Diener des Königs, die dem treuen Johannes nicht gut waren :

— Oh si, répondit le deuxième, si quelqu'un saisit la chemise avec des gants et la jette au feu afin qu'elle s'y consume, le jeune roi sera sauvé. Mais qui sait cela ! Et celui qui le saurait et le lui dirait serait changé en pierre depuis les genoux jusqu'au cœur. » Le troisième dit alors : « J'en sais davantage ; une fois la chemise nuptiale brûlée, le jeune roi n'aura pas encore sa fiancée : après la noce, quand le bal s'ouvrira et que la jeune reine se mettra à danser, elle pâlira subitement et tombera comme morte : et elle mourra si quelqu'un ne la relève pas et ne lui tire pas du sein droit trois gouttes de sang qu'il devra aussitôt recracher. Mais si celui qui sait cela le disait, il serait changé en pierre de la tête aux pieds. » Quand les corbeaux eurent échangé ces paroles, ils continuèrent leur vol, et le fidèle Jean avait tout compris, mais à partir de cet instant, il se montra silencieux et triste ; car s'il cachait à son maître ce qu'il avait entendu, celui-ci serait malheureux ; s'il le lui révélait, c'est lui-même qui devrait le payer de sa vie. Enfin il se dit : « Je vais sauver mon maître, et dussé-je moi-même en périr. »

Or donc, comme ils arrivaient à terre, un splendide coursier roux s'en vint au galop : « Eh bien, dit le roi, il me portera au château », et il voulut se mettre en selle, mais le fidèle Jean prit les devants, il s'élança vivement, tira le fusil des fontes et abattit le cheval. Alors les autres serviteurs du roi, qui n'aimaient pas beaucoup le fidèle Jean, s'écrièrent :

»Wie schändlich, das schöne Tier zu töten, das den König in sein Schloß tragen sollte!« Aber der König sprach : »Schweigt und laßt ihn gehen, es ist mein getreuester Johannes, wer weiß, wozu das gut ist!« Nun gingen sie ins Schloß, und da stand im Saal eine Schüssel, und das gemachte Brauthemd lag darin und sah aus nicht anders, als wäre es von Gold und Silber. Der junge König ging darauf zu und wollte es ergreifen, aber der treue Johannes schob ihn weg, packte es mit Handschuhen an, trug es schnell ins Feuer und ließ es verbrennen. Die anderen Diener fingen wieder an zu murren und sagten : »Seht, nun verbrennt er gar des Königs Brauthemd.« Aber der junge König sprach : »Wer weiß, wozu es gut ist, laßt ihn gehen, es ist mein getreuester Johannes.« Nun ward die Hochzeit gefeiert – der Tanz hub an, und die Braut trat auch herein, da hatte der treue Johannes acht und schaute ihr ins Antlitz; auf einmal erbleichte sie und fiel wie tot zur Erde. Da sprang er eilends hinzu, hob sie auf und trug sie in eine Kammer, da legte er sie nieder, kniete und sog die drei Blutstropfen aus ihrer rechten Brust und spie sie aus. Alsbald atmete sie wieder und erholte sich, aber der junge König hatte es mit angesehen und wußte nicht, warum es der getreue Johannes getan hatte, ward zornig darüber und rief : »Werft ihn ins Gefängnis!« Am andern Morgen ward der getreue Johannes verurteilt und zum Galgen geführt, und als er oben stand und gerichtet werden sollte, sprach er : »Jeder, der sterben soll, darf vor seinem Ende noch einmal reden, soll ich das Recht auch haben ?« – »Ja«, antwortete der König, »es soll dir vergönnt sein.«

« Quelle honte de tuer cette belle bête qui devait porter le roi en son château ! » Mais le roi répondit : « Taisez-vous et laissez-le faire, c'est mon fidèle Jean, qui sait à quoi cela peut être bon ! » Ensuite ils allèrent au château et là, dans la salle, il y avait un plat où était posée la chemise nuptiale factice et elle avait bel et bien l'air d'être d'or et d'argent. Le jeune roi s'en approcha et voulut la prendre, mais le fidèle Jean l'écarta, saisit la chemise avec des gants, la jeta vivement au feu et la laissa se consumer. Les autres serviteurs recommencèrent à murmurer et dirent : « Voyez donc, voilà maintenant qu'il brûle la chemise nuptiale du roi. » Mais le jeune roi dit : « Qui sait à quoi cela peut être bon, laissez-le faire, c'est mon fidèle Jean. » Puis on célébra les noces : le bal commença et la mariée entra à son tour dans la danse, alors le fidèle Jean fit attention et observa son visage ; tout à coup elle pâlit et tomba comme morte sur le sol. Alors il se précipita vers elle en toute hâte, la releva et la porta dans une chambre, puis il la coucha, s'agenouilla devant elle, suça les trois gouttes de sang de son sein droit et les recracha aussitôt. Peu après elle reprit son souffle et se remit, mais le jeune roi avait vu ce qui s'était passé et, ignorant pourquoi le fidèle Jean l'avait fait, il en conçut de la colère et s'écria : « Qu'on le jette en prison ! » Le lendemain, le fidèle Jean fut condamné et conduit à la potence, et quand il fut en haut, prêt à être exécuté, il dit : « Tout homme qui doit mourir a le droit de parler une fois encore avant sa fin, aurais-je ce droit aussi ? — Oui, répondit le roi, je te l'accorde. »

Da sprach der treue Johannes : »Ich bin mit Unrecht
verurteilt und bin dir immer treu gewesen«, und
erzählte, wie er auf dem Meer das Gespräch der Raben
gehört und wie er, um seinen Herrn zu retten, das alles
hätte tun müssen. Da rief der König : »O mein
treuester Johannes, Gnade ! Gnade ! Führt ihn herunter.« Aber der treue Johannes war bei dem letzten
Wort, das er geredet hatte, leblos herabgefallen und
war ein Stein.

Darüber trugen nun der König und die Königin
großes Leid, und der König sprach : »Ach, was hab'
ich große Treue so übel belohnt !«, und ließ das
steinerne Bild aufheben und in seine Schlafkammer
neben sein Bett stellen. Sooft er es ansah, weinte er
und sprach : »Ach, könnt ich dich wieder lebendig
machen, mein getreuester Johannes.« Es ging eine Zeit
herum, da gebar die Königin Zwillinge, zwei Söhnlein,
die wuchsen heran und waren ihre Freude. Einmal, als
die Königin in der Kirche war und die zwei Kinder bei
dem Vater saßen und spielten, sah dieser wieder das
steinerne Bildnis voll Trauer an, seufzte und rief :
»Ach, könnt ich dich wieder lebendig machen, mein
getreuester Johannes.« Da fing der Stein an zu reden
und sprach : »Ja, du kannst mich wieder lebendig
machen, wenn du dein Liebstes daran wenden willst.«
Da rief der König : »Alles, was ich auf der Welt habe,
will ich für dich hingeben.« Sprach der Stein weiter :
»Wenn du mit deiner eigenen Hand deinen beiden
Kindern den Kopf abhaust und mich mit ihrem Blute
bestreichst, so erhalte ich das Leben wieder.«

Le fidèle Jean dit alors : « Je suis injustement condamné et je t'ai toujours été fidèle. » Et il raconta comment il avait entendu la conversation des corbeaux en mer et tout ce qu'il avait dû faire pour sauver son maître. Alors le roi s'écria : « O mon fidèle Jean ! Grâce ! Grâce ! Faites-le descendre ! » Mais à l'instant où il avait prononcé le dernier mot, le fidèle Jean était tombé, inerte, et s'était changé en pierre.

Le roi et la reine en furent très affligés et le roi dit : « Ah, comme j'ai mal récompensé sa grande fidélité ! » et il ordonna de relever l'image de pierre et de la placer dans sa chambre à côté de son lit. Chaque fois qu'il la regardait, il se mettait à pleurer et disait : « Ah, que ne puis-je te ranimer, mon fidèle Jean. » Il se passa un certain temps, puis la reine mit au monde deux jumeaux, deux petits garçons qui grandissaient et faisaient toute sa joie. Un jour que la reine était à l'église et que les deux enfants étaient en train de jouer auprès de leur père, celui-ci regarda une fois de plus l'image de pierre avec des yeux pleins de tristesse, soupira et dit : « Ah, que ne puis-je te ranimer, mon fidèle Jean. » Alors la pierre se mit à parler et dit : « Oui, tu peux me ranimer, à condition que tu me sacrifies ce que tu as de plus cher. » Alors le roi s'écria : « Je donnerai pour toi tout ce que j'ai au monde. » Et la pierre continua : « Si, de tes propres mains, tu coupes la tête de tes deux enfants et que tu me frottes avec leur sang, je recouvrerai la vie. »

Der König erschrak, als er hörte, daß er seine liebsten Kinder selbst töten sollte, doch dachte er an die große Treue und daß der getreue Johannes für ihn gestorben war, zog sein Schwert und hieb mit eigener Hand den Kindern den Kopf ab. Und als er mit ihrem Blute den Stein bestrichen hatte, so kehrte das Leben zurück, und der getreue Johannes stand wieder frisch und gesund vor ihm. Er sprach zum König : »Deine Treue soll nicht unbelohnt bleiben«, und nahm die Häupter der Kinder, setzte sie auf und bestrich die Wunde mit ihrem Blut, davon wurden sie im Augenblick wieder heil, sprangen herum und spielten fort, als wäre ihnen nichts geschehen. Nun war der König voll Freude, und als er die Königin kommen sah, versteckte er den getreuen Johannes und die beiden Kinder in einem großen Schrank. Wie sie hereintrat, sprach er zu ihr : »Hast du gebetet in der Kirche ? – »Ja«, antwortete sie, »aber ich habe beständig an den treuen Johannes gedacht, daß er so unglücklich durch uns geworden ist.« Da sprach er : »Liebe Frau, wir können ihm das Leben wiedergeben, aber es kostet uns unsere beiden Söhnlein, die müssen wir opfern.« Die Königin ward bleich und erschrak im Herzen, doch sprach sie : »Wir sind's ihm schuldig wegen seiner großen Treue.« Da freute er sich, daß sie dachte, wie er gedacht hatte, ging hin und schloß den Schrank auf, holte die Kinder und den treuen Johannes heraus und sprach : »Gott sei gelobt, er ist erlöst, und unsere Söhnlein haben wir auch wieder«, und erzählte ihr, wie sich alles zugetragen hatte. Da lebten sie zusammen in Glückseligkeit bis an ihr Ende.

En entendant qu'il devait tuer lui-même ses enfants chéris, le roi fut épouvanté, mais il pensa à sa grande fidélité et que le fidèle Jean était mort pour lui, il tira donc son épée et décapita ses enfants de sa propre main. Et quand il eut frotté la pierre avec leur sang, la vie lui revint et le fidèle Jean se trouva frais et dispos devant lui. Il dit au roi : « Ta fidélité ne sera pas sans récompense », il prit la tête des enfants, les plaça sur leurs épaules et frotta les plaies avec leur sang, en un clin d'œil ils furent sains et saufs, se mirent à sauter de tous côtés et continuèrent de jouer comme si rien ne s'était passé. Le roi fut empli de joie et quand il vit venir la reine, il cacha le fidèle Jean et les deux enfants dans une grande armoire. Quand elle entra, il lui dit : « As-tu prié à l'église ? — Oui, dit-elle, mais je n'ai cessé de penser au fidèle Jean, qui a connu un sort si malheureux à cause de nous. » Alors il dit : « Ma chère femme, nous pouvons lui rendre la vie, mais cela nous coûtera nos deux petits garçons, il nous faudra les sacrifier. » La reine pâlit et fut épouvantée en son cœur, pourtant elle dit : « Nous le lui devons à cause de sa grande fidélité. » Alors il se réjouit de voir qu'elle avait eu la même pensée que lui, il alla à l'armoire, l'ouvrit, fit sortir les enfants et le fidèle Jean et dit : « Dieu soit loué, il est délivré et nous avons retrouvé nos fils » et il lui raconta ce qui s'était passé. Alors ils vécurent ensemble et furent heureux jusqu'à la fin de leurs jours.

Die zwölf Brüder

Es war einmal ein König und eine Königin, die lebten in Frieden miteinander und hatten zwölf Kinder, das waren aber lauter Buben. Nun sprach der König zu seiner Frau : »Wenn das dreizehnte Kind, das du zur Welt bringst, ein Mädchen ist, so sollen die zwölf Buben sterben, damit sein Reichtum groß wird und das Königreich ihm allein zufällt.« Er ließ auch zwölf Särge machen, die waren schon mit Hobelspänen gefüllt, und in jedem lag das Totenkißchen, und ließ sie in eine verschlossene Stube bringen, dann gab er der Königin den Schlüssel und gebot ihr, niemand etwas davon zu sagen.

Die Mutter aber saß nun den ganzen Tag und trauerte, so daß der kleinste Sohn, der immer bei ihr war und den sie nach der Bibel Benjamin nannte, zu ihr sprach : »Liebe Mutter, warum bist du so traurig ?« – »Liebstes Kind«, antwortete sie, »ich darf dir's nicht sagen.« Er ließ ihr aber keine Ruhe, bis sie ging und die Stube aufschloß und ihm die zwölf mit Hobelspänen schon gefüllten Totenladen zeigte. Darauf sprach sie :

Les douze frères

Il était une fois un roi et une reine qui vivaient paisiblement ensemble et avaient douze enfants, mais ce n'étaient rien que des garçons. Or le roi dit à sa femme : « Si le treizième enfant que tu mettras au monde est une fille, les douze garçons devront mourir afin qu'elle ait de grandes richesses et qu'elle soit l'unique héritière du royaume. » En effet, il fit confectionner douze cercueils qui étaient déjà remplis de copeaux et chacun d'eux contenait le petit coussin mortuaire, et il les fit porter dans une chambre fermée, puis il donna la clé à sa femme en lui défendant d'en parler à personne.

Désormais, la mère demeura assise toute la journée à s'affliger, en sorte que son plus jeune fils, qui était toujours auprès d'elle et qu'elle appelait Benjamin en souvenir de la Bible, lui dit : « Chère mère, pourquoi es-tu si triste ? — Mon cher enfant, répondit-elle, il ne m'est pas permis de te le dire. » Mais il ne lui laissa pas de répit qu'elle n'ait ouvert la chambre et ne lui ait montré les douze cercueils déjà remplis de copeaux. Ensuite elle dit :

»Mein liebster Benjamin, diese Särge hat dein Vater
für dich und deine elf Brüder machen lassen, denn
wenn ich ein Mädchen zur Welt bringe, so sollt ihr
allesamt getötet und darin begraben werden.« Und als
sie weinte, während sie das sprach, so tröstete sie der
Sohn und sagte : »Weine nicht, liebe Mutter, wir
wollen uns schon helfen und wollen fortgehen.« Sie
aber sprach : »Geh mit deinen elf Brüdern hinaus in
den Wald, und einer setze sich immer auf den
höchsten Baum, der zu finden ist, und halte Wacht
und schaue nach dem Turm hier im Schloß. Gebär ich
ein Söhnlein, so will ich eine weiße Fahne aufstecken,
und dann dürft ihr wiederkommen, gebär ich ein
Töchterlein, so will ich eine rote Fahne aufstecken,
und dann flieht fort, so schnell ihr könnt, und der liebe
Gott behüte euch. Alle Nacht will ich aufstehen und
für euch beten, im Winter, daß ihr an einem Feuer
euch wärmen könnt, im Sommer, daß ihr nicht in der
Hitze schmachtet.«

Nachdem sie also ihre Söhne gesegnet hatte, gingen
sie hinaus in den Wald. Einer hielt um den andern
Wacht, saß auf der höchsten Eiche und schauete nach
dem Turm. Als elf Tage herum waren und die Reihe
an Benjamin kam, da sah er, wie eine Fahne aufge-
steckt wurde ; es war aber nicht die weiße, sondern die
rote Blutfahne, die verkündigte, daß sie alle sterben
sollten. Wie die Brüder das hörten, wurden sie zornig
und sprachen : »Sollten wir um eines Mädchens willen
den Tod leiden ! Wir schwören, daß wir uns rächen
wollen – wo wir ein Mädchen finden, soll sein rotes
Blut fließen.«

« Mon Benjamin chéri, ton père a fait faire ces cercueils pour toi et tes onze frères, car si j'accouche d'une fille, vous serez tous tués et enterrés là-dedans. » Et comme elle fondait en larmes en disant ces mots, son fils la consola et lui dit : « Ne pleure pas, chère mère, nous saurons bien nous tirer d'affaire et nous allons partir. » Mais elle lui dit : « Va avec tes onze frères dans la forêt, l'un de vous se perchera sur l'arbre le plus haut qui se puisse trouver, il montera la garde et surveillera le donjon du château. Si j'accouche d'un garçon, je hisserai un drapeau blanc et vous pourrez revenir, si c'est une fille, je hisserai un drapeau rouge, et alors fuyez aussi vite que vous le pourrez, et que le bon Dieu vous garde. Chaque nuit je me lèverai et je prierai pour vous, en hiver pour que vous ayez un foyer où vous réchauffer, en été pour que vous ne souffriez pas les tourments de la chaleur. »

Quand elle eut ainsi béni ses fils, ils prirent le chemin de la forêt. L'un d'eux, perché sur le chêne le plus haut, montait la garde pour les autres et observait le donjon. Quand, au bout de onze jours, ce fut le tour de Benjamin, il vit hisser un drapeau : ce n'était pas le drapeau blanc, mais le rouge drapeau sanglant leur annonçant qu'ils allaient tous mourir. Quand les frères entendirent cela, ils furent pris de colère et dirent : « Devrons-nous souffrir la mort à cause d'une fille ! Nous jurons de nous venger : où que nous trouvions une fille son sang rouge coulera. »

Darauf gingen sie tiefer in den Wald hinein, und mitten drein, wo er am dunkelsten war, fanden sie ein kleines verwünschtes Häuschen, das leerstand. Da sprachen sie : »Hier wollen wir wohnen, und du, Benjamin, du bist der Jüngste und Schwächste, du sollst daheimbleiben und haushalten, wir andern wollen ausgehen und Essen holen.« Nun zogen sie in den Wald und schossen Hasen, wilde Rehe, Vögel und Täubchen und was zu essen stand ; das brachten sie dem Benjamin, der mußte es ihnen zurechtmachen, damit sie ihren Hunger stillen konnten. In dem Häuschen lebten sie zehn Jahre zusammen, und die Zeit ward ihnen nicht lang.

Das Töchterchen, das ihre Mutter, die Königin, geboren hatte, war nun herangewachsen, war gut von Herzen und schön von Angesicht und hatte einen goldenen Stern auf der Stirne. Einmal, als große Wäsche war, sah es darunter zwölf Mannshemden und fragte seine Mutter : »Wem gehören diese zwölf Hemden, für den Vater sind sie doch viel zu klein ?« Da antwortete sie mit schwerem Herzen : »Liebes Kind, sie gehören deinen zwölf Brüdern.« Sprach das Mädchen : »Wo sind meine zwölf Brüder, ich habe noch niemals von ihnen gehört.« Sie antwortete : »Das weiß Gott, wo sie sind – sie irren in der Welt herum.« Da nahm sie das Mädchen und schloß ihm das Zimmer auf und zeigte ihm die zwölf Särge mit den Hobelspänen und den Totenkißchen. »Diese Särge«, sprach sie, »waren für deine Brüder bestimmt, aber sie sind heimlich fortgegangen, eh' du geboren warst«, und erzählte ihm, wie sich alles zugetragen hatte.

Là-dessus ils s'enfoncèrent plus profondément dans la forêt et au beau milieu, au plus épais des taillis, ils trouvèrent une petite chaumière enchantée qui était vide. Alors ils dirent : « Nous allons habiter ici, et toi, Benjamin, qui es le plus jeune et le plus chétif, tu resteras à la maison et tu la tiendras en ordre, nous autres nous sortirons pour nous procurer de la nourriture. » Ils parcoururent donc la forêt et tirèrent des lièvres, des chevreuils sauvages, des oiseaux, des pigeons, et tout ce qu'ils ramassaient comme nourriture, ils le portaient à Benjamin, qui devait le leur préparer afin qu'ils apaisent leur faim. Ils vécurent dix ans dans la maisonnette et le temps ne leur parut pas long.

Cependant, la petite fille que la reine leur mère avait mise au monde avait grandi, elle était bonne de cœur et belle de visage et portait une étoile d'or sur le front. Un jour de grande lessive, elle vit parmi le linge douze chemises d'homme et demanda à sa mère : « A qui sont ces douze chemises ? elles sont bien trop petites pour mon père. » Le cœur serré, celle-ci répondit : « Chère enfant, elles appartiennent à tes douze frères. » Et la jeune fille dit : « Où sont mes douze frères ? je n'ai jamais entendu parler d'eux. » Elle répondit : « Dieu sait où ils sont, ils errent de par le monde. » Alors elle emmena la fillette, lui ouvrit la chambre et lui montra les douze cercueils avec les copeaux et les coussins mortuaires. « Ces cercueils, dit-elle, étaient destinés à tes frères, mais ils sont partis en cachette avant que tu fusses née », et elle lui raconta tout ce qui s'était passé.

Da sagte das Mädchen : »Liebe Mutter, weine nicht, ich will gehen und meine Brüder suchen.«

Nun nahm es die zwölf Hemden und ging fort und geradezu in den großen Wald hinein. Es ging den ganzen Tag, und am Abend kam es zu dem verwünschten Häuschen. Da trat es hinein und fand einen jungen Knaben, der fragte : »Wo kommst du her und wo willst du hin ?« und erstaunte, daß sie so schön war, königliche Kleider trug und einen Stern auf der Stirne hatte. Da antwortete sie : »Ich bin eine Königstochter und suche meine zwölf Brüder und will gehen, so weit der Himmel blau ist, bis ich sie finde.« Sie zeigte ihm auch die zwölf Hemden, die ihnen gehörten. Da sah Benjamin, daß es seine Schwester war, und sprach : »Ich bin Benjamin, dein jüngster Bruder.« Und sie fing an zu weinen vor Freude und Benjamin auch, und sie küßten und herzten einander vor großer Liebe. Hernach sprach er : »Liebe Schwester, es ist noch ein Vorbehalt da ; wir hatten verabredet, daß ein jedes Mädchen, das uns begegnete, sterben sollte, weil wir um ein Mädchen unser Königreich verlassen mußten.« Da sagte sie : »Ich will gerne sterben, wenn ich damit meine zwölf Brüder erlösen kann.« – »Nein«, antwortete er, »du sollst nicht sterben, setze dich unter diese Bütte, bis die elf Brüder kommen, dann will ich schon einig mit ihnen werden.« Also tat sie ; und wie es Nacht ward, kamen die andern von der Jagd, und die Mahlzeit war bereit. Und als sie am Tische saßen und aßen, fragten sie : »Was gibt's Neues ?« Sprach Benjamin : »Wißt ihr nichts ?« – »Nein«, antworteten sie.

Alors la fillette dit : « Chère mère, ne pleure pas, je vais aller chercher mes frères. »

Elle prit donc les douze chemises et s'en fut tout droit dans la grande forêt. Elle marcha tout le jour, et le soir, elle arriva à la maison enchantée. Elle entra et trouva un jeune garçon qui lui demanda : « D'où viens-tu et où veux-tu aller ? » et il s'étonna qu'elle fût si belle, qu'elle portât des habits royaux et eût une étoile sur le front. Alors elle répondit : « Je suis fille de roi et je cherche mes douze frères, j'irai pour les trouver aussi loin qu'on voit le ciel bleu. » Puis elle lui montra les douze chemises qui leur appartenaient. Benjamin vit alors qu'elle était sa sœur et dit : « Je suis Benjamin, ton plus jeune frère. » Et elle se mit à pleurer de joie et Benjamin en fit autant, et ils s'embrassèrent et se firent mille caresses dans leur grand amour. Ensuite il dit : « Ma chère sœur, il y a encore une réserve ; nous étions convenus de faire mourir toutes les jeunes filles que nous pourrions rencontrer, parce que nous avons dû abandonner notre royaume à cause d'une fille. — Je mourrai volontiers si je peux ainsi délivrer mes douze frères. — Non, répondit-il, tu ne mourras pas, cache-toi sous ce baquet jusqu'au retour de nos frères, ensuite je m'arrangerai bien avec eux. » C'est ce qu'elle fit ; et comme la nuit tombait, les autres rentrèrent de la chasse et le repas se trouva prêt. Quand ils furent à table en train de manger, ils dirent : « Quoi de neuf ? » Et Benjamin de répondre : « Vous ne savez rien ? — Non », dirent-ils.

Sprach er weiter : »Ihr seid im Walde gewesen, und
ich bin daheimgeblieben und weiß doch mehr als ihr.«
– »So erzähle uns !« riefen sie. Antwortete er : »Ver-
sprecht ihr mir auch, daß das erste Mädchen, das uns
begegnet, nicht soll getötet werden ?« – »Ja«, riefen sie
alle, »das soll Gnade haben, erzähl uns nur.« Da sprach
er : »Unsere Schwester ist da«, und hub die Bütte auf,
und die Königstochter kam hervor in ihren königlichen Kleidern, mit dem goldenen Stern auf der Stirne
und war so schön, zart und fein. Da freuten sie sich
alle, fielen ihr um den Hals und küßten sie und hatten
sie von Herzen lieb.

Nun blieb sie bei Benjamin zu Haus und half ihm
bei der Arbeit. Die elfe zogen in den Wald, fingen
Gewild, Rehe, Vögel und Täubchen, damit sie zu
essen hatten, und die Schwester und Benjamin sorg-
ten, daß es zubereitet wurde. Sie suchte das Holz zum
Kochen und die Kräuter zum Gemüse und stellte die
Töpfe ans Feuer, also daß die Mahlzeit immer fertig
war, wenn die elfe kamen. Sie hielt auch sonst
Ordnung im Häuschen und deckte die Bettlein hübsch
weiß und rein, une die Brüder waren immer zufrieden
und lebten in großer Einigkeit mit ihr.

Auf eine Zeit hatten die beiden daheim eine schöne
Kost zurechtgemacht, und wie sie nun alle beisammen
waren, setzten sie sich, aßen und tranken und waren
voller Freude. Es war aber ein kleines Gärtchen an
dem verwünschten Häuschen, darin standen zwölf
Lilienblumen, die man auch Studenten heißt – nun
wollte sie ihren Brüdern ein Vergnügen machen, brach
die zwölf Blumen ab und dachte, jedem aufs Essen
eine zu schenken.

Et il continua : « Vous êtes allés dans la forêt, et moi qui suis resté à la maison, j'en sais encore plus que vous. — Alors raconte ! », s'écrièrent-ils. « Me promettez-vous aussi de laisser la vie sauve à la première fille que nous rencontrerons ? — Oui, s'écrièrent-ils tous ensemble, nous lui ferons grâce, mais raconte donc. » Alors il dit : « Notre sœur est là », et il souleva le baquet et la fille du roi apparut avec ses habits royaux et son étoile d'or sur le front, et elle était si belle, si gracieuse et si délicate qu'ils se réjouirent tous, lui sautèrent au cou, l'embrassèrent et se mirent à l'aimer de tout leur cœur.

Désormais elle resta à la maison avec Benjamin et l'aida à faire son ouvrage. Les onze autres allaient dans la forêt, attrapaient du gibier, des chevreuils, des oiseaux et des pigeons mâles afin qu'ils aient à manger, et leur sœur et Benjamin se chargeaient de préparer les mets. Elle ramassait du bois pour la cuisine et des fines herbes pour les légumes et mettait les marmites sur le feu, en sorte que le repas était toujours prêt quand les onze frères rentraient. Elle tenait également la maisonnette en ordre et mettait aux petits lits des draps bien blancs et bien propres, et les frères étaient toujours contents et vivaient avec elle en parfaite harmonie.

Un certain jour, les deux enfants avaient préparé un bon repas à la maison, et quand ils furent tous réunis, ils se mirent à table, burent et mangèrent et se sentirent tout joyeux. Or, la maison enchantée avait un jardinet dans lequel se trouvaient douze lis, de ceux qu'on appelle aussi étudiants : comme elle voulait faire plaisir à ses frères, elle cueillit les douze fleurs, pensant en donner une à chacun pendant le repas.

Wie sie aber die Blumen abgebrochen hatte, in demselben Augenblick waren die zwölf Brüder in zwölf
Raben verwandelt und flogen über den Wald hin fort,
und das Haus mit dem Garten war auch verschwunden. Da war nun das arme Mädchen allein in dem
wilden Wald, und wie es sich umsah, so stand eine alte
Frau neben ihm, die sprach : »Mein Kind, was hast du
angefangen ? Warum hast du die zwölf weißen Blumen
nicht stehenlassen ? Das waren deine Brüder, die sind
nun auf immer in Raben verwandelt.« Das Mädchen
sprach weinend : »Ist denn kein Mittel, sie zu erlösen ?« – »Nein«, sagte die Alte, »es ist keins auf der
ganzen Welt als eins, das ist aber so schwer, daß du sie
damit nicht befreien wirst, denn du mußt sieben Jahre
stumm sein, darfst nicht sprechen und nicht lachen,
und sprichst du ein einziges Wort und es fehlt nur eine
Stunde an den sieben Jahren, so ist alles umsonst, und
deine Brüder werden von dem einen Wort getötet.«

Da sprach das Mädchen in seinem Herzen : »Ich
weiß gewiß, daß ich meine Brüder erlöse«, und ging
und suchte einen hohen Baum, setzte sich darauf und
spann und sprach nicht und lachte nicht. Nun trug's
sich zu, daß ein König in dem Walde jagte; der hatte
einen großen Windhund, der lief zu dem Baum, wo
das Mädchen drauf saß, sprang herum und bellte
hinauf. Da kam der König herbei und sah die schöne
Königstochter mit dem goldenen Stern auf der Stirne
und war so entzückt über ihre Schönheit, daß er ihr
zurief, ob sie seine Gemahlin werden wollte. Sie gab
keine Antwort, nickte aber ein wenig mit dem Kopf.

Mais à l'instant même où elle cueillait les fleurs, voici que ses douze frères se changèrent en douze corbeaux qui volèrent à tire-d'aile au-dessus de la forêt, et que la maison disparut aussi avec le jardin. La pauvre fillette se trouva donc toute seule dans la forêt sauvage et comme elle regardait autour d'elle, une vieille femme apparut à ses côtés et lui dit : « Qu'as-tu fait là, mon enfant ? Pourquoi n'as-tu pas laissé les douze lis blancs où ils étaient ? C'étaient tes frères, et maintenant ils sont pour toujours changés en corbeaux. » La fillette dit en versant des larmes : « N'y a-t-il pas un moyen de les délivrer ? — Non, dit la vieille, il n'y en a qu'un dans le monde entier, mais il est si difficile que tu ne pourras pas les délivrer de cette façon, car il te faudrait être muette pendant sept ans, sans pouvoir ni parler ni rire, et si tu disais un seul mot et qu'il ne manquât qu'une heure pour que les sept ans fussent accomplis, tout serait vain et tes frères mourraient à cause de cette unique parole. »

Alors la fillette se dit en son cœur : je suis certaine de délivrer mes frères, et elle partit, chercha un arbre élevé sur lequel elle monta, puis elle s'assit et se mit à filer, et resta sans parler ni rire. Or il advint qu'un roi était à la chasse dans la forêt ; il avait un grand lévrier qui courut à l'arbre où la jeune fille était perchée, fit des bonds tout autour, jappa et aboya en regardant en l'air. Alors le roi s'approcha et vit la belle princesse avec l'étoile d'or au front, et fut si ravi de sa beauté qu'il lui demanda d'en bas si elle voulait devenir sa femme. Elle ne répondit point, mais fit un léger signe de tête.

Da stieg er selbst auf den Baum, trug sie herab, setzte
sie auf sein Pferd und führte sie heim. Da ward die
Hochzeit mit großer Pracht und Freude gefeiert, aber
die Braut sprach nicht und lachte nicht. Als sie ein
paar Jahre miteinander vergnügt gelebt hatten, fing die
Mutter des Königs, die eine böse Frau war, an die
junge Königin zu verleumden, und sprach zum
König : »Es ist ein gemeines Bettelmädchen, das du
dir mitgebracht hast; wer weiß, was für gottlose
Streiche sie heimlich treibt. Wenn sie stumm ist und
nicht sprechen kann, so könnte sie doch einmal lachen,
aber wer nicht lacht, der hat ein böses Gewissen.« Der
König wollte zuerst nicht daran glauben, aber die Alte
trieb es so lange und beschuldigte sie so viel böser
Dinge, daß der König sich endlich überreden ließ und
sie zum Tod verurteilte.

Nun ward im Hof ein großes Feuer angezündet,
darin sollte sie verbrannt werden – und der König
stand oben am Fenster und sah mit weinenden Augen
zu, weil er sie noch immer so lieb hatte. Und als sie
schon an den Pfahl festgebunden war und das Feuer an
ihren Kleidern mit roten Zungen leckte, da war eben
der letzte Augenblick von den sieben Jahren verflos-
sen. Da ließ sich in der Luft ein Geschwirr hören, und
zwölf Raben kamen hergezogen und senkten sich
nieder – und wie sie die Erde berührten, waren es ihre
zwölf Brüder, die sie erlöst hatte. Sie rissen das Feuer
auseinander, löschten die Flammen, machten ihre
liebe Schwester frei und küßten und herzten sie. Nun
aber, da sie ihren Mund auftun und reden durfte,
erzählte sie dem Könige, warum sie stumm gewesen
wäre und niemals gelacht hätte.

Alors il monta lui-même dans l'arbre, la descendit dans ses bras, la mit sur son cheval et la conduisit chez lui. Puis on célébra les noces en grande pompe et allégresse : mais la mariée ne parla ni ne rit. Quand ils eurent vécu heureux pendant quelques années, la mère du roi, qui était une méchante femme, commença à calomnier la jeune reine et dit au roi : « C'est une vile mendiante que tu t'es choisie ; qui sait quels tours pendables elle fait en cachette. Si elle est muette et ne peut pas parler, elle pourrait au moins rire, mais qui ne rit pas a mauvaise conscience. » Le roi ne voulut d'abord pas la croire, mais elle le travailla si longtemps et elle accusa la reine de tant de choses mauvaises que le roi finit par se laisser convaincre et la condamna à mort.

On alluma donc dans la cour un grand bûcher où elle devait être brûlée : et le roi se tenait en haut, à la fenêtre, et regardait avec des larmes dans les yeux, parce qu'il l'aimait tant encore. Et quand elle fut attachée au poteau et que les flammes commencèrent de lécher ses vêtements de leurs langues rouges, le dernier instant des sept années venait justement de s'écouler. Alors on entendit dans les airs un frémissement d'ailes, et douze corbeaux s'en vinrent et se posèrent : et comme ils touchaient terre, voici que c'étaient ses douze frères qu'elle avait délivrés. Ils défirent le bûcher, éteignirent les flammes, libérèrent leur chère sœur, l'embrassèrent et la couvrirent de caresses. Alors, comme elle avait maintenant le droit d'ouvrir la bouche et de parler, elle raconta au roi pourquoi elle avait été muette et n'avait jamais ri.

Der König freute sich, als er hörte, daß sie unschuldig war, und sie lebten nun alle zusammen in Einigkeit bis an ihren Tod. Die böse Stiefmutter ward vor Gericht gestellt und in ein Faß gesteckt, das mit siedendem Öl und giftigen Schlangen angefüllt war, und starb eines bösen Todes.

Le roi se réjouit d'apprendre qu'elle était innocente, et désormais ils vécurent tous ensemble et furent unis jusqu'à la mort. La méchante belle-mère dut comparaître en justice, on la mit dans un tonneau rempli d'huile bouillante et de serpents venimeux, et elle mourut de malemort.

Das tapfere Schneiderlein

An einem Sommermorgen saß ein Schneiderlein auf seinem Tisch am Fenster, war guter Dinge und nähte aus Leibeskräften. Da kam eine Bauersfrau die Straße herab und rief: »Gut Mus feil! Gut Mus feil!« Das klang dem Schneiderlein lieblich in die Ohren, er steckte sein zartes Haupt zum Fenster hinaus und rief: »Hier herauf, liebe Frau, hier wird sie ihre Ware los.« Die Frau stieg die drei Treppen mit ihrem schweren Korbe zu dem Schneider hinauf und mußte die Töpfe sämtlich vor ihm auspacken. Er besah sie alle, hob sie in die Höhe, hielt die Nase dran und sagte endlich: »Das Mus scheint mir gut, wieg sie mir doch vier Lot ab, liebe Frau; wenn's auch ein Viertelpfund ist, kommt es mir nicht darauf an.« Die Frau, welche gehofft hatte, einen guten Absatz zu finden, gab ihm, was er verlangte, ging aber ganz ärgerlich und brummig fort. »Nun, das Mus soll mir Gott gesegnen«, rief das Schneiderlein, »und soll mir Kraft und Stärke geben«, holte das Brot aus dem Schrank, schnitt sich ein Stück über den ganzen Leib und strich das Mus darüber.

Le vaillant petit tailleur

Par un matin d'été, un petit tailleur, assis sur sa table, près de la fenêtre, était de bonne humeur et cousait de toutes ses forces. Et voilà qu'une paysanne descendit la rue en criant : « Marmelade, bonne marmelade à vendre ! » Ce fut bien agréable à l'oreille du petit tailleur, il passa sa tête menue par la fenêtre et cria : « Montez, bonne femme, on va vous débarrasser de votre marchandise ! » La femme monta les trois étages avec son lourd panier et dut déballer devant lui tous ses pots. Il les examina tous, les leva en l'air, y mit le nez et dit enfin : « La marmelade m'a l'air bonne, pesez-m'en donc quatre onces, ma bonne femme, même si ça fait un quart de livre ça m'est égal. » La femme, qui avait espéré faire une bonne vente, lui donna ce qu'il demandait, mais s'en fut toute fâchée et en bougonnant. « A présent, Dieu bénisse ma confiture, s'écria le petit tailleur, et qu'elle me donne force et vigueur ! » Il alla prendre le pain de la miche et y tartina la marmelade.

»Das wird nicht bitter schmecken«, sprach er, »aber
erst will ich den Wams fertigmachen, eh' ich anbeiße.«
Er legte das Brot neben sich, nähte weiter und machte
vor Freude immer größere Stiche. Indes stieg der
Geruch von dem süßen Mus hinauf an die Wand, wo
die Fliegen in großer Menge saßen, so daß sie herange-
lockt wurden und sich scharenweis darauf niederlie-
ßen. »Ei, wer hat euch eingeladen?« sprach das
Schneiderlein und jagte die ungebetenen Gäste fort.
Die Fliegen aber, die kein Deutsch verstanden, ließen
sich nicht abweisen, sondern kamen in immer größerer
Gesellschaft wieder. Da lief dem Schneiderlein endlich, wie man sagt, die Laus über die Leber, es langte
aus seiner Lade einen Tuchlappen, und : »Wart, ich
will es euch geben!« schlug es unbarmherzig drauf.
Als es abzog und zählte, so lagen nicht weniger als
sieben vor ihm tot und streckten die Beine. »Bist du so
ein Kerl?« sprach es und mußte selbst seine Tapferkeit
bewundern. »Das soll die ganze Stadt erfahren!« Und
in der Hast schnitt sich das Schneiderlein einen Gürtel,
nähte ihn und stickte mit großen Buchstaben darauf :
Siebene auf einen Streich! – »Ei was, Stadt!« sprach er
weiter. »Die ganze Welt soll's erfahren!« und sein
Herz wackelte ihm vor Freude wie ein Lämmer-
schwänzchen.

Der Schneider band sich den Gürtel um den Leib
und wollte in die Welt hinaus, weil er meinte, die
Werkstätte sei zu klein für seine Tapferkeit. Eh' er
abzog, suchte er im Haus herum, ob nichts da wäre,
was er mitnehmen könnte ; er fand aber nichts als
einen alten Käse, den steckte er ein.

« Ça ne va pas être mauvais, dit-il, mais avant d'y mettre la dent, je vais finir mon pourpoint. » Il posa le pain à côté de lui, continua de coudre et, de plaisir, fit des points de plus en plus grands. Cependant l'odeur de la confiture sucrée montait le long des murs où il y avait une grande quantité de mouches, si bien qu'elles furent attirées et vinrent en troupe s'abattre dessus. « Hé, qui vous a donc invitées ? » dit le petit tailleur et il chassa ses convives importuns. Mais les mouches, qui ne comprenaient pas l'allemand, ne se laissèrent pas écarter et revinrent au contraire en compagnie de plus en plus nombreuse. Alors la moutarde, comme on dit, finit par monter au nez du petit tailleur, il attrapa un bout de drap dans sa corbeille à chiffons et, « attendez un peu que je vous en donne ! », il tapa dessus impitoyablement. Quand il retira le chiffon et compta, il n'en vit pas moins de sept, mortes sous ses yeux, les pattes en l'air. « Serais-tu donc un gaillard de cette trempe ? dit-il, forcé lui-même d'admirer sa vaillance, il faut que toute la ville sache cela. » Et en grande hâte, le petit tailleur se coupa une ceinture, la cousit et y broda en grandes lettres : « Sept d'un coup ! » « Eh quoi, la ville ? dit-il, non, c'est le monde entier qui doit le savoir. » Et de plaisir, son cœur se trémoussait dans sa poitrine comme la queue d'un petit agneau.

Le tailleur se noua la ceinture autour du corps et décida d'aller courir le vaste monde, parce qu'il pensait que son atelier était trop petit pour sa bravoure. Avant de partir, il chercha s'il n'y avait pas dans sa maison quelque chose à emporter, mais il ne trouva rien d'autre qu'un vieux bout de fromage qu'il fourra dans sa poche.

Vor dem Tore bemerkte er einen Vogel, der sich im Gesträuch gefangen hatte; der mußte zu dem Käse in die Tasche. Nun nahm er den Weg tapfer zwischen die Beine, und weil er leicht und behend war, fühlte er keine Müdigkeit. Der Weg führte ihn auf einen Berg, und als er den höchsten Gipfel erreicht hatte, so saß da ein gewaltiger Riese und schaute sich ganz gemächlich um. Das Schneiderlein ging beherzt auf ihn zu, redete ihn an und sprach: »Guten Tag, Kamerad, gelt, du sitzest da und besiehst dir die weitläufige Welt? Ich bin eben auf dem Wege dahin und will mich versuchen. Hast du Lust mitzugehen?« Der Riese sah den Schneider verächtlich an und sprach: »Du Lump! Du miserabler Kerl!« — »Das wäre!« antwortete das Schneiderlein, knöpfte den Rock auf und zeigte dem Riesen den Gürtel. »Da kannst du lesen, was ich für ein Mann bin.« Der Riese las: »Siebene auf einen Streich«, meinte, das wären Menschen gewesen, die der Schneider erschlagen hätte, und kriegte ein wenig Respekt vor dem kleinen Kerl. Doch wollt er ihn erst prüfen, nahm einen Stein in die Hand und drückte ihn zusammen, daß das Wasser heraustropfte. »Das mach mir nach«, sprach der Riese, »wenn du Stärke hast.« — »Ist's weiter nichts?« sagte das Schneiderlein, »das ist bei unsereinem Spielwerk«, griff in die Tasche, holte den weichen Käse und drückte ihn, daß der Saft herauslief. »Gelt«, sprach er, »das war ein wenig besser?« Der Riese wußte nicht, was er sagen sollte, und konnte es von dem Männlein nicht glauben.

Devant la porte, il aperçut un oiseau qui s'était pris dans un buisson, l'oiseau dut aller retrouver le fromage dans sa poche. Puis il se mit bravement à arpenter la route, et comme il était léger et preste, il ne ressentait pas de fatigue. Son chemin le conduisit en haut d'une montagne et quand il en atteignit le sommet, voici qu'un énorme géant y était assis et promenait tranquillement ses regards alentour. Le petit tailleur alla hardiment à lui, l'interpella et lui dit : « Bonjour, camarade ; hein, te voilà en train de contempler le vaste monde ? Je suis justement en train de m'y rendre pour y tenter ma chance. As-tu envie de venir avec moi ? » Le géant toisa le tailleur d'un air dédaigneux et dit : « Pouilleux ! Pitoyable avorton ! — Par exemple ! répondit le petit tailleur en déboutonnant son habit et en montrant sa ceinture au géant, tiens ! Lis donc là quel gaillard je suis ! » Le géant lut : « Sept d'un coup ! », pensa que c'étaient des hommes que le tailleur avait assommés, et se sentit un peu de respect pour le petit luron. Pourtant il voulut d'abord le mettre à l'épreuve, prit une pierre dans sa main et la pressa tellement qu'il en sortit de l'eau. « Fais-en autant, dit le géant, si tu en as la force. — Si ce n'est que ça, dit le tailleur, pour nous autres c'est un jeu d'enfant », il mit sa main dans sa poche, y prit le fromage mou et le serra de manière à en exprimer le jus. « Hein ! fit-il, c'est un peu plus fort ? » Le géant ne sut que dire, il n'aurait jamais cru ça de ce petit homme.

Da hob der Riese einen Stein auf und warf ihn so hoch, daß man ihn mit Augen kaum noch sehen konnte: »Nun, du Erpelmännchen, das tu mir nach.« – »Gut geworfen«, sagte der Schneider, »aber der Stein hat doch wieder zur Erde herabfallen müssen; ich will dir einen werfen, der soll gar nicht wiederkommen«, griff in die Tasche, nahm den Vogel und warf ihn in die Luft. Der Vogel, froh über seine Freiheit, stieg auf, flog fort und kam nicht wieder. »Wie gefällt dir das Stückchen, Kamerad?« fragte der Schneider. »Werfen kannst du wohl«, sagte der Riese, »aber nun wollen wir sehen, ob du imstande bist, etwas Ordentliches zu tragen.« Er führte das Schneiderlein zu einem mächtigen Eichbaum, der da gefällt auf dem Boden lag, und sagte: »Wenn du stark genug bist, so hilf mir den Baum aus dem Walde heraustragen.« – »Gerne«, antwortete der kleine Mann, »nimm du nur den Stamm auf deine Schulter, ich will die Äste mit dem Gezweig aufheben und tragen, das ist doch das Schwerste.« Der Riese nahm den Stamm auf die Schulter, der Schneider aber setzte sich auf einen Ast, und der Riese, der sich nicht umsehen konnte, mußte den ganzen Baum und das Schneiderlein noch obendrein forttragen. Es war da hinten ganz lustig und guter Dinge, pfiff das Liedchen »Es ritten drei Schneider zum Tore hinaus«, als wäre das Baumtragen ein Kinderspiel. Der Riese, nachdem er ein Stück Wegs die schwere Last fortgeschleppt hatte, konnte nicht weiter und rief: »Hör, ich muß den Baum fallen lassen.« Der Schneider sprang behendiglich herab, faßte den Baum mit beiden Armen, als wenn er ihn getragen hätte, und sprach zum Riesen:

Alors il ramassa une pierre et la lança si haut qu'on pouvait à peine la suivre des yeux. « Eh bien, mon petit caneton, fais-en donc autant ! — Bien lancé, dit le tailleur, mais ta pierre, il a bien fallu qu'elle retombe après, moi, je vais t'en lancer une qui ne reviendra pas du tout. » Il mit la main dans sa poche, y prit l'oiseau et le jeta en l'air. Ravi d'être libre, l'oiseau s'éleva, prit son vol et ne revint plus. « Qu'est-ce que tu dis de mon petit tour, camarade ? demanda le tailleur. — Quant au lancer, tu t'y entends, dit le géant, mais maintenant nous allons voir si tu es capable de porter un poids convenable. » Il conduisit le tailleur auprès d'un chêne puissant qui était abattu et gisait par terre, et dit : « Si tu es assez fort, aide-moi à sortir cet arbre du bois. — Volontiers, répondit le petit bonhomme, tu n'as qu'à prendre le tronc sur tes épaules, je soulèverai les branches avec tout le feuillage et je les porterai, c'est bien le plus lourd. » Le géant prit le tronc sur ses épaules, mais le tailleur s'assit sur une maîtresse branche et le colosse, qui ne pouvait pas se retourner, dut emporter tout l'arbre et le tailleur par-dessus le marché. Celui-ci était tout guilleret et de bonne humeur là-derrière, il sifflotait la chansonnette « Trois tailleurs s'en allaient à cheval », comme si porter un arbre n'était qu'un jeu d'enfant. Après avoir traîné sa lourde charge un bout de chemin, le géant ne put pas continuer et s'écria : « Écoute, il faut que je lâche l'arbre ! » Le tailleur sauta prestement par terre, prit l'arbre à deux bras comme s'il l'avait porté et dit au géant :

»Du bist ein so großer Kerl und kannst den Baum nicht einmal tragen.«

Sie gingen zusammen weiter, und als sie an einem Kirschbaum vorbeikamen, faßte der Riese die Krone des Baums, wo die zeitigsten Früchte hingen, bog sie herab, gab sie dem Schneider in die Hand und hieß ihn essen. Das Schneiderlein aber war viel zu schwach, um den Baum zu halten, und als der Riese losließ, fuhr der Baum in die Höhe, und der Schneider ward mit in die Luft geschnellt. Als er wieder ohne Schaden herabgefallen war, sprach der Riese : »Was ist das, hast du nicht Kraft, die schwache Gerte zu halten ?« – »An der Kraft fehlt es nicht«, antwortete das Schneiderlein, »meinst du, das wäre etwas für einen, der siebene mit einem Streich getroffen hat ? Ich bin über den Baum gesprungen, weil die Jäger da unten in das Gebüsch schießen. Spring nach, wenn du's vermagst.« Der Riese machte den Versuch, konnte aber nicht über den Baum kommen, sondern blieb in den Ästen hängen, also daß das Schneiderlein auch hier die Oberhand behielt.

Der Riese sprach : »Wenn du ein so tapferer Kerl bist, so komm mit in unsere Höhle und übernachte bei uns.« Das Schneiderlein war bereit und folgte ihm. Als sie in der Höhle anlangten, saßen da noch andere Riesen beim Feuer, und jeder hatte ein gebratenes Schaf in der Hand und aß davon. Das Schneiderlein sah sich um und dachte, es ist doch hier viel weitläufiger als in meiner Werkstatt. Der Riese wies ihm ein Bett an und sagte, er sollte sich hineinlegen und ausschlafen.

« Un grand gaillard comme toi, tu ne peux même pas porter cet arbre ! »

Ils continuèrent de cheminer ensemble, et comme ils passaient près d'un cerisier, le géant saisit la cime de l'arbre, là où il y avait les fruits les plus mûrs, la courba, la mit dans la main du petit tailleur et lui dit d'en manger. Mais le petit tailleur était bien trop chétif pour tenir l'arbre et quand le géant le lâcha, il se redressa et le tailleur fut projeté en l'air. Quand il fut retombé sans mal, le géant dit : « Qu'est-ce que ça veut dire ? Tu n'as pas la force de tenir cette misérable badine ? — Ce n'est pas la force qui me manque, répondit le petit tailleur, penses-tu que ce soit une affaire pour quelqu'un qui en a occis sept d'un coup ? J'ai bondi par-dessus l'arbre parce que les chasseurs là, en bas, sont en train de tirer dans le fourré, saute derrière moi si tu peux. » Le géant essaya, mais il ne put passer par-dessus l'arbre et resta accroché dans les branches, si bien que le petit tailleur garda encore l'avantage.

Le géant dit : « Puisque tu es un gars si courageux, viens avec moi dans notre caverne et passe la nuit avec nous. » Le petit tailleur se montra disposé à le suivre. Quand ils arrivèrent dans la caverne, ils trouvèrent d'autres géants assis près de l'âtre, et chacun d'eux avait en main un mouton rôti où il mordait à belles dents. Le petit tailleur inspecta les lieux et pensa : « C'est vraiment beaucoup plus spacieux que mon atelier. » Le géant lui désigna un lit, en lui disant de s'y coucher et de dormir tout son soûl.

Dem Schneiderlein war aber das Bett zu groß, es legte sich nicht hinein, sondern kroch in eine Ecke. Als es Mitternacht war und der Riese meinte, das Schneiderlein läge in tiefem Schlafe, so stand er auf, nahm eine große Eisenstange und schlug das Bett mit einem Schlag durch und meinte, er hätte dem Grashüpfer den Garaus gemacht. Mit dem frühsten Morgen gingen die Riesen in den Wald und hatten das Schneiderlein ganz vergessen; da kam es auf einmal ganz lustig und verwegen dahergeschritten. Die Riesen erschraken, fürchteten, es schlüge sie alle tot, und liefen in einer Hast fort.

Das Schneiderlein zog weiter, immer seiner spitzen Nase nach. Nachdem es lange gewandert war, kam es in den Hof eines königlichen Palastes, und da es Müdigkeit empfand, so legte es sich ins Gras und schlief ein. Während es dalag, kamen die Leute, betrachteten es von allen Seiten und lasen auf dem Gürtel »Siebene auf einen Streich«. »Ach«, sprachen sie, »was will der große Kriegsheld hier mitten im Frieden? Das muß ein mächtiger Herr sein.« Sie gingen und meldeten es dem König und meinten, wenn Krieg ausbrechen sollte, wäre das ein wichtiger und nützlicher Mann, den man um keinen Preis fortlassen dürfte. Dem König gefiel der Rat, und er schickte einen von seinen Hofleuten an das Schneiderlein ab, der sollte ihm, wenn es aufgewacht wäre, Kriegsdienste anbieten. Der Abgesandte blieb bei dem Schläfer stehen, wartete, bis er seine Glieder streckte und die Augen aufschlug, und brachte dann seinen Antrag vor.

Mais le lit était beaucoup trop vaste pour le petit tailleur, il ne se mit pas dedans et alla se blottir dans un coin. Quand il fut minuit et que le géant crut le petit tailleur profondément endormi, il se leva, prit une grosse barre de fer, en donna un coup sur toute la largeur du lit, et crut avoir achevé le marmouset. Dès l'aube les géants partirent pour la forêt, et ils avaient complètement oublié le petit tailleur quand, tout à coup, ils le virent venir d'un air tout joyeux et téméraire. Ils prirent peur, craignirent d'être tous assommés et s'enfuirent à toutes jambes.

Le petit tailleur continua son chemin, toujours le nez en l'air. Après avoir cheminé longtemps, il se trouva dans la cour d'un palais royal et comme il se sentait las, il se coucha dans l'herbe et s'endormit. Pendant qu'il dormait, des gens arrivèrent, le regardèrent sur toutes les faces et lurent sur sa ceinture : « Sept d'un coup ! » « Ah, dirent-ils, que vient faire ici ce grand guerrier, en pleine paix ? Ce doit être un puissant seigneur. » Ils allèrent rapporter la chose au roi et lui dirent qu'au cas où la guerre éclaterait, ce serait là un personnage important et utile qu'il ne fallait laisser partir à aucun prix. Le conseil plut au roi, et il envoya au petit tailleur l'un de ses courtisans qui, à son réveil, devait lui offrir de prendre du service dans l'armée. L'ambassadeur resta auprès du dormeur, attendant qu'il s'étirât et ouvrît les yeux, puis il lui fit sa proposition.

»Eben deshalb bin ich hierhergekommen«, antwortete
er, »ich bin bereit, in des Königs Dienste zu treten.«
Also ward er ehrenvoll empfangen und ihm eine
besondere Wohnung angewiesen.

Die Kriegsleute aber waren dem Schneiderlein auf-
gesessen und wünschten, es wäre tausend Meilen weit
weg. »Was soll daraus werden?« sprachen sie unterein-
ander. »Wenn wir Zank mit ihm kriegen und er haut
zu, so fallen auf jeden Streich siebene. Da kann
unsereiner nicht bestehen.« Also faßen sie einen Entschluß, begaben sich allesamt zum König und baten
um ihren Abschied. »Wir sind nicht gemacht«, sprachen sie, »neben einem Mann auszuhalten, der siebene
auf einen Streich schlägt.« Der König war traurig, daß
er um des einen willen alle seine treuen Diener
verlieren sollte, wünschte, daß seine Augen ihn nie
gesehen hätten, und wäre ihn gerne wieder los gewesen. Aber er getraute sich nicht, ihm den Abschied zu
geben, weil er fürchtete, er möchte ihn samt seinem
Volke totschlagen und sich auf den königlichen Thron
setzen. Er sann lange hin und her, endlich fand er
einen Rat. Er schickte zu dem Schneiderlein und ließ
ihm sagen, weil er ein so großer Kriegsheld wäre, so
wollte er ihm ein Anerbieten machen. In einem Walde
seines Landes hausten zwei Riesen, die mit Rauben,
Morden, Sengen und Brennen große Schaden stifte-
ten; niemand dürfte sich ihnen nahen, ohne sich in
Lebensgefahr zu setzen. Wenn er diese beiden Riesen
überwände und tötete, so wollte er ihm seine einzige
Tochter zur Gemahlin geben und das halbe Königreich
zur Ehesteuer; auch sollten hundert Reiter mitziehen
und ihm Beistand leisten.

« C'est justement pour cela que je suis venu, répondit-il, je suis prêt à me mettre au service du roi. » On le reçut donc avec tous les honneurs et on lui assigna une demeure particulière.

Mais les militaires étaient montés contre le petit tailleur et le souhaitaient à mille lieues de distance. « Que va-t-il sortir de là ? se disaient-ils dans leurs conciliabules, si nous lui cherchons noise et qu'il cogne, il en tombera sept à chaque coup. Dans ces conditions, nous ne pourrons pas lui tenir tête. » Ils prirent donc une résolution, allèrent tous ensemble trouver le roi et lui demandèrent leur congé. « Nous ne sommes pas faits, dirent-ils, pour vivre à côté d'un homme qui vous en assomme sept d'un coup. » Le roi fut attristé de perdre tous ses fidèles serviteurs à cause d'un seul, il souhaita que ses yeux ne l'eussent jamais vu et se serait volontiers débarrassé de lui. Mais il n'osait pas lui signifier son congé, parce qu'il avait peur que le tailleur ne le tuât, lui et les siens, et ne montât sur le trône. Il retourna le problème en tous sens et finit par trouver un expédient. Il envoya quelqu'un au petit tailleur et lui fit dire que, puisqu'il était un si grand guerrier, il allait lui faire une proposition. Dans une forêt de son royaume habitaient deux géants qui causaient de grands dégâts en volant, tuant, grillant et incendiant, personne ne pouvait approcher d'eux sans se mettre en danger de mort. S'il triomphait de ces deux géants et les tuait, il lui donnerait sa fille unique en mariage, et la moitié de son royaume en dot ; de plus cent cavaliers l'accompagneraient et lui prêteraient main-forte.

Das wäre so etwas für einen Mann, wie du bist, dachte das Schneiderlein, eine schöne Königstochter und ein halbes Königreich wird einem nicht alle Tage angeboten. »O ja«, gab er zur Antwort, »die Riesen will ich schon bändigen und habe die hundert Reiter dabei nicht nötig – wer siebene auf einen Streich trifft, braucht sich vor zweien nicht zu fürchten.«

Das Schneiderlein zog aus, und die hundert Reiter folgten ihm. Als er zu dem Rand des Waldes kam, sprach er zu seinen Begleitern : »Bleibt hier nur halten, ich will schon allein mit den Riesen fertig werden.« Dann sprang er in den Wald hinein und schaute sich rechts und links um. Über ein Weilchen erblickte er beide Riesen – sie lagen unter einem Baume und schliefen und schnarchten dabei, daß sich die Äste auf und nieder bogen. Das Schneiderlein, nicht faul, las beide Taschen voll Steine und stieg damit auf den Baum. Als es in der Mitte war, rutschte es auf einen Ast, bis es gerade über die Schläfer zu sitzen kam, und ließ dem einen Riesen einen Stein nach dem andern auf die Brust fallen. Der Riese spürte lange nichts, doch endlich wachte er auf, stieß seinen Gesellen an und sprach : »Was schlägst du mich ?« – »Du träumst«, sagte der andere, »ich schlage dich nicht.« Sie legten sich wieder zum Schlaf, da warf der Schneider auf den zweiten einen Stein herab. »Was soll das ?« rief der andere. »Warum wirfst du mich ?« – »Ich werfe dich nicht«, antwortete der erste und brummte. Sie zankten sich eine Weile herum, doch weil sie müde waren, ließen sie's gut sein, und die Augen fielen ihnen wieder zu.

« Ce ne serait pas mal pour un homme comme toi, se dit le petit tailleur, on ne vous offre pas tous les jours une jolie princesse et la moitié d'un royaume. » « Oh oui, je me charge de mater les géants, et je n'ai pas besoin pour cela de cent reîtres. Qui en abat sept d'un coup n'a pas de raison d'en craindre deux. »

Le petit tailleur se mit en route, suivi des cent cavaliers. Arrivé à l'orée du bois, il dit à ses compagnons : « Faites donc halte ici, je viendrai bien à bout des géants tout seul. » Il entra d'un bond dans la forêt et regarda de droite et de gauche. Au bout d'un petit moment, il aperçut les géants couchés sous un arbre, ils dormaient et ronflaient si fort qu'ils faisaient monter et descendre les branches. Vivement, le petit tailleur remplit ses deux poches de pierres et grimpa dans l'arbre. Quand il fut au milieu, il se laissa glisser le long d'une branche pour arriver juste au-dessus des dormeurs, et fit tomber ses pierres l'une après l'autre sur la poitrine de l'un d'eux. Pendant longtemps le géant ne sentit rien, mais finalement il se réveilla, donna une bourrade à son compagnon et dit : « Pourquoi me bas-tu ? — Tu rêves, dit l'autre, je ne te bats pas. » Ils s'allongèrent de nouveau pour dormir, mais alors le tailleur jeta une pierre sur le second. « Qu'est-ce que ça veut dire ? s'écria l'autre, pourquoi me lances-tu des pierres ? — Je ne te lance pas de pierres », répondit le premier en bougonnant. Ils se chamaillèrent un moment, mais comme ils étaient fatigués, ils en restèrent là et leurs yeux se refermèrent.

Das Schneiderlein fing sein Spiel von neuem an, suchte den dicksten Stein aus und warf ihn dem ersten Riesen mit aller Gewalt auf die Brust. »Das ist zu arg!« schrie er, sprang wie ein Unsinniger auf und stieß seinen Gesellen wider den Baum, daß dieser zitterte. Der andere zahlte mit gleicher Münze, und sie gerieten in solche Wut, daß sie Bäume ausrissen, aufeinander losschlugen, so lang, bis sie endlich beide zugleich tot auf die Erde fielen. Nun sprang das Schneiderlein herab. »Ein Glück nur«, sprach es, »daß sie den Baum, auf dem ich saß, nicht ausgerissen haben, sonst hätte ich wie ein Eichhörnchen auf einen andern springen müssen — doch unsereiner ist flüchtig!« Es zog sein Schwert und versetzte jedem ein paar tüchtige Hiebe in die Brust, dann ging es hinaus zu den Reitern und sprach: »Die Arbeit ist getan, ich habe beiden den Garaus gemacht; aber hart ist es hergegangen, sie haben in der Not Bäume ausgerissen und sich gewehrt, doch das hilft alles nichts, wenn einer kommt wie ich, der siebene auf einen Streich schlägt.« – »Seid Ihr denn nicht verwundet?« fragten die Reiter. »Das hat gute Wege«, antwortete der Schneider, »kein Haar haben sie mir gekrümmt.« Die Reiter wollten ihm keinen Glauben beimessen und ritten in den Wald hinein; da fanden sie die Riesen in ihrem Blute schwimmend, und ringsherum lagen die ausgerissenen Bäume.

Das Schneiderlein verlangte von dem König die versprochene Belohnung, den aber reute sein Versprechen, und er sann aufs neue, wie er sich den Helden vom Halse schaffen könnte.

Le petit tailleur recommença son manège, il choisit la pierre la plus grosse et la jeta de toutes ses forces sur la poitrine du premier géant. « C'est trop fort ! » s'écriat-il, il se leva comme un fou et poussa violemment son compagnon contre l'arbre, qui en trembla. L'autre lui rendit la monnaie de sa pièce et ils entrèrent dans une telle fureur qu'ils arrachèrent les arbres et cognèrent l'un sur l'autre, tant et si bien qu'ils tombèrent morts en même temps. Alors le petit tailleur sauta par terre. « Une chance, dit-il, qu'ils n'aient pas arraché l'arbre où j'étais perché, sans quoi j'aurais dû sauter sur un autre à la manière d'un écureuil, mais nous sommes lestes, nous autres ! » Il tira son épée et en assena quelques bons coups dans la poitrine de chacun, puis il sortit du bois pour retrouver ses cavaliers et dit : « L'ouvrage est fait, je leur ai donné à tous deux le coup de grâce. Mais l'affaire a été rude, dans le péril ils ont déraciné des arbres, pourtant cela ne sert de rien quand il en vient un comme moi qui en abats sept d'un coup. — Vous n'êtes donc pas blessé ? demandèrent les cavaliers. — Pas de danger, ils n'ont pas touché à un cheveu de ma tête. » Les cavaliers ne voulurent pas le croire, et entrèrent dans la forêt ; ils y trouvèrent les géants baignant dans leur sang, au milieu des arbres arrachés.

Le petit tailleur demanda au roi la récompense promise, mais celui-ci, qui regrettait sa promesse, chercha un nouveau moyen de se débarrasser du héros :

»Ehe du meine Tochter und das halbe Reich erhältst«,
sprach er zu ihm, »mußt du noch eine Heldentat
vollbringen. In dem Walde läuft ein Einhorn, das
großen Schaden anrichtet, das mußt du erst einfan-
gen.« – »Vor einem Einhorn fürchte ich mich noch
weniger als vor zwei Riesen; siebene auf einen Streich,
das ist meine Sache.« Er nahm sich einen Strick und
eine Axt mit, ging hinaus in den Wald und hieß
abermals die, welche ihm zugeordnet waren, außen
warten. Er brauchte nicht lange zu suchen, das
Einhorn kam bald daher und sprang geradezu auf den
Schneider los, als wollte es ihn ohne Umstände auf-
spießen. »Sachte, sachte«, sprach er, »so geschwind
geht das nicht«, blieb stehen und wartete, bis das Tier
ganz nahe war, dann sprang er behendiglich hinter den
Baum. Das Einhorn rannte mit aller Kraft gegen den
Baum und spießte sein Horn so fest in den Stamm, daß
es nicht Kraft genug hatte, es wieder herauszuziehen,
und so war es gefangen. »Jetzt hab ich das Vöglein«,
sagte der Schneider, kam hinter dem Baum hervor,
legte dem Einhorn den Strick erst um den Hals, dann
hieb er mit der Axt das Horn aus dem Baum, und als
alles in Ordnung war, führte er das Tier ab und
brachte es dem König.

Der König wollte ihm den verheißenen Lohn noch
nicht gewähren und machte eine dritte Forderung.
Der Schneider sollte ihm vor der Hochzeit erst ein
Wildschwein fangen, das in dem Wald großen Schaden
tat; die Jäger sollten ihm Beistand leisten. »Gerne«,
sprach der Schneider, »das ist ein Kinderspiel.«

« Avant d'obtenir ma fille et la moitié de mon royaume, dit-il, il te faut accomplir un nouvel exploit. Dans la forêt, il y a une licorne qui fait de grands dégâts, il faut d'abord me l'attraper. — Je crains encore moins une licorne que deux géants ; sept d'un coup, voilà mon affaire. » Il emporta une corde et une hache, alla à la forêt et dit encore une fois à ceux qu'il avait sous ses ordres de l'attendre dehors. Il n'eut pas à chercher longtemps, la licorne ne tarda pas à se montrer et bondit tout droit sur le tailleur, comme si elle voulait sans plus de façons l'embrocher. « Doucement, doucement, dit-il, ça ne se fait pas si vite que ça », il s'arrêta et attendit que la bête arrivât tout près de lui, puis il bondit prestement derrière un arbre. La licorne donna de toute sa force contre l'arbre et enfonça sa corne si profondément dans le tronc qu'elle n'eut pas assez de force pour la retirer et se trouva prise. « Je tiens l'oiseau », dit le tailleur, il sortit de derrière son arbre, passa d'abord sa corde au cou de la licorne, puis, à coups de hache il dégagea la corne du tronc, et quand tout fut réglé, il emmena la bête et la conduisit au roi.

Le roi ne voulut pas encore lui accorder la récompense promise et exprima une troisième exigence. Avant ses noces, le tailleur devrait encore lui attraper un sanglier qui causait de grands dégâts dans la forêt ; les chasseurs lui prêteraient main-forte. « Bien, dit le tailleur, ce n'est qu'un jeu d'enfant. »

Die Jäger nahm er nicht mit in den Wald, und sie
waren's wohl zufrieden, denn das Wildschwein hatte
sie schon mehrmals so empfangen, daß sie keine Lust
hatten, ihm nachzustellen. Als das Schwein den
Schneider erblickte, lief es mit schäumendem Munde
und wetzenden Zähnen auf ihn zu und wollte ihn zur
Erde werfen; der flüchtige Held aber sprang in eine
Kapelle, die in der Nähe war, und gleich oben zum
Fenster mit einem Satze wieder hinaus. Das Schwein
war hinter ihm hergelaufen, er aber hüpfte außen
herum und schlug die Tür hinter ihm zu; da war das
wütende Tier gefangen, das viel zu schwer und
unbehilflich war, um zu dem Fenster hinauszuspring-
gen. Das Schneiderlein rief die Jäger herbei, die
mußten den Gefangenen mit eigenen Augen sehen, der
Held aber begab sich zum Könige, der nun, er mochte
wollen oder nicht, sein Versprechen halten mußte und
ihm seine Tochter und das halbe Königreich übergab.
Hätte er gewußt, daß kein Kriegsheld, sondern ein
Schneiderlein vor ihm stand, es wäre ihm noch mehr
zu Herzen gegangen. Die Hochzeit ward also mit
großer Pracht und kleiner Freude gehalten und aus
einem Schneider ein König gemacht.

Nach einiger Zeit hörte die junge Königin in der
Nacht, wie ihr Gemahl im Traume sprach: »Junge,
mach mir das Wams und flick mir die Hosen, oder ich
will dir die Elle über die Ohren schlagen.« Da merkte
sie, in welcher Gasse der junge Herr geboren war,
klagte am andern Morgen ihrem Vater ihr Leid und
bat, er möchte ihr von dem Manne helfen, der nichts
anders als ein Schneider wäre.

Il n'emmena pas les chasseurs dans le bois et ils en
furent bien contents, car le sanglier les avait déjà
accueillis souvent d'une manière qui leur ôtait l'envie
de se mettre à sa poursuite. Quand le sanglier aperçut
le tailleur, il fonça sur lui, l'écume à la gueule, en
s'aiguisant les dents, et voulut le jeter par terre. Mais
le héros sauta avec agilité dans une chapelle voisine et,
d'un bond, ressortit aussitôt par la fenêtre du haut. Le
sanglier l'avait suivi, mais le tailleur fit le tour par-
dehors et ferma la porte sur lui ; alors l'animal furieux,
bien trop lourd et maladroit pour sauter par la fenêtre,
se trouva pris. Le tailleur appela les chasseurs, pour
qu'ils vissent de leurs propres yeux l'animal prison-
nier. Le héros quant à lui s'en alla trouver le roi qui,
bon gré mal gré, dut alors tenir sa promesse et lui
donna sa fille et la moitié de son royaume. S'il avait su
qu'il n'avait pas devant lui un grand guerrier, mais un
petit tailleur, il eût été encore plus affecté. Les noces
furent donc célébrées en grande pompe et petite joie et
l'on fit un roi d'un petit tailleur.

Quelque temps après, la jeune reine entendit son
époux parler en rêve, la nuit : « Fais-moi ce pourpoint,
garçon, et ravaude-moi cette culotte, ou bien je te casse
mon aune sur les oreilles. » Elle comprit alors dans
quelle ruelle le jeune seigneur était né, le lendemain
elle confia son chagrin à son père et le pria de l'aider à
se débarrasser d'un mari qui n'était rien de plus qu'un
tailleur.

Der König sprach ihr Trost zu und sagte : »Laß in der nächsten Nacht deine Schlafkammer offen; meine Diener sollen außen stehen und, wenn er eingeschlafen ist, hineingehen, ihn binden und auf ein Schiff tragen, das ihn in die weite Welt führt.« Die Frau war damit zufrieden, des Königs Waffenträger aber, der alles mit angehört hatte, war dem jungen Herrn gewogen und hinterbrachte ihm den ganzen Anschlag. »Dem Ding will ich einen Riegel vorschieben«, sagte das Schneiderlein. Abends legte es sich zu gewöhnlicher Zeit mit seiner Frau zu Bett; als sie glaubte, er sei eingeschlafen, stand sie auf, öffnete die Türe und legte sich wieder. Das Schneiderlein, das sich nur stellte, als wenn es schliefe, fing an mit heller Stimme zu rufen : »Junge, mach mir das Wams und flick mir die Hosen, oder ich will dir die Elle über die Ohren schlagen ! Ich habe sieben mit einem Streich getroffen, zwei Riesen getötet, ein Einhorn fortgeführt und ein Wildschwein gefangen und sollte mich vor denen fürchten, die draußen vor der Kammer stehen !« Als diese den Schneider also sprechen hörten, überkam sie eine große Furcht; sie liefen, als wenn das wilde Heer hinter ihnen wäre, und keiner wollte sich mehr an ihn wagen. Also war und blieb das Schneiderlein sein Lebtag ein König.

Le roi la consola et lui dit : « La nuit prochaine, laisse
la porte de ta chambre ouverte, mes serviteurs se
tiendront dehors et quand il sera endormi, ils entre-
ront, le ligoteront et le porteront sur un navire qui
l'emmènera dans le vaste monde. » La femme se
montra satisfaite, mais l'écuyer du roi, qui avait tout
entendu, était attaché à son jeune maître et lui
dénonça tout le complot. « Je mettrai obstacle à la
chose », dit le tailleur. Le soir, il alla se coucher avec sa
femme à l'heure habituelle. Quand elle le crut
endormi, elle se leva, ouvrit la porte et se recoucha. Le
petit tailleur, qui feignait seulement de dormir, se mit
à crier d'une voix claire : « Fais-moi ce pourpoint,
garçon, et ravaude-moi cette culotte, ou bien je te casse
mon aune sur les oreilles ! J'en ai occis sept d'un coup,
j'ai tué deux géants, capturé une licorne, pris un
sanglier, et j'aurais peur de ceux qui sont en ce
moment dehors, devant ma chambre ? » Quand ceux-
ci entendirent le tailleur parler ainsi, ils furent pris
d'une grande frayeur, ils détalèrent comme s'ils
avaient la chasse infernale à leurs trousses, et pas un
ne voulut plus se risquer à l'attaquer. C'est ainsi que le
petit tailleur devenu roi le resta toute sa vie.

Aschenputtel

Einem reichen Manne, dem wurde seine Frau krank, und als sie fühlte, daß ihr Ende herankam, rief sie ihr einziges Töchterlein zu sich ans Bett und sprach : »Liebes Kind, bleib fromm und gut, so wird dir der liebe Gott immer beistehen, und ich will vom Himmel auf dich herabblicken und will um dich sein.« Darauf tat sie die Augen zu und verschied. Das Mädchen ging jeden Tag hinaus zu dem Grabe der Mutter und weinte und blieb fromm und gut. Als der Winter kam, deckte der Schnee ein weißes Tüchlein auf das Grab, und als die Sonne im Frühjahr es wieder herabgezogen hatte, nahm sich der Mann eine andere Frau.

Die Frau hatte zwei Töchter mit ins Haus gebracht, die schön und weiß von Angesicht waren, aber garstig und schwarz von Herzen. Da ging eine schlimme Zeit für das arme Stiefkind an. »Soll die dumme Gans bei uns in der Stube sitzen ?« sprachen sie. »Wer Brot essen will, muß es verdienen – hinaus mit der Küchenmagd.«

Cendrillon

Un homme riche avait une femme qui tomba malade, et quand elle sentit sa fin approcher, elle appela sa fille unique à son chevet et lui dit : « Chère enfant, reste pieuse et bonne, alors le bon Dieu te viendra toujours en aide, et moi du haut du ciel je te regarderai et je veillerai sur toi. » Là-dessus elle ferma les yeux et mourut. La fillette se rendit chaque jour sur la tombe de sa mère et pleura et resta pieuse et bonne. Quand vint l'hiver, la neige mit un tapis blanc sur la tombe et quand le soleil du printemps l'eut retiré, l'homme prit une autre femme.

La femme avait amené avec elle deux filles qui étaient jolies et blanches de visage, mais laides et noires de cœur. Alors les tourments commencèrent pour la pauvre belle-fille. « Cette petite oie va-t-elle rester avec nous dans la salle ? dirent-elles, qui veut manger du pain doit le gagner ; dehors le souillon ! »

Sie nahmen ihm seine schönen Kleider weg, zogen ihm einen grauen alten Kittel an und gaben ihm hölzerne Schuhe. »Seht einmal die stolze Prinzessin, wie sie geputzt ist!« riefen sie, lachten und führten es in die Küche. Da mußte es von Morgen bis Abend schwere Arbeit tun, früh vor Tag aufstehn, Wasser tragen, Feuer anmachen, kochen und waschen. Obendrein taten ihm die Schwestern alles ersinnliche Herzeleid an, verspotteten es und schütteten ihm die Erbsen und Linsen in die Asche, so daß es sitzen und sie wieder auslesen mußte. Abends, wenn es sich müdegearbeitet hatte, kam es in kein Bett, sondern mußte sich neben den Herd in die Asche legen. Und weil es darum immer staubig und schmutzig aussah, nannten sie es »Aschenputtel«.

Es trug sich zu, daß der Vater einmal auf die Messe ziehen wollte; da fragte er die beiden Stieftöchter, was er ihnen mitbringen sollte? »Schöne Kleider«, sagte die eine, »Perlen und Edelsteine« die zweite. »Aber du, Aschenputtel«, sprach er, »was willst du haben?« – »Vater, das erste Reis, das Euch auf Eurem Heimweg an den Hut stößt, das brecht für mich ab.« Er kaufte nun für die beiden Stiefschwestern schöne Kleider, Perlen und Edelsteine, und auf dem Rückweg, als er durch einen grünen Busch ritt, streifte ihn ein Haselreis und stieß ihm den Hut ab. Da brach er das Reis ab und nahm es mit. Als er nach Haus kam, gab er den Stieftöchtern, was sie sich gewünscht hatten, und dem Aschenputtel gab er das Reis von dem Haselbusch.

Elles lui enlevèrent ses belles robes, la vêtirent d'un vieux sarrau gris et lui donnèrent des sabots de bois. « Voyez un peu la fière princesse, comme elle est bien nippée ! » s'écrièrent-elles en riant, et elles la conduisirent à la cuisine. Là, il lui fallut trimer dur du matin au soir, se lever bien avant le jour, porter l'eau, allumer le feu, faire la cuisine et la lessive. Par-dessus le marché, les deux sœurs lui faisaient toutes les misères imaginables, se moquaient d'elle, lui renversaient pois et lentilles dans la cendre, de sorte qu'il lui fallait rester à la cuisine et recommencer à les trier. Le soir, quand elle était exténuée de travail, elle ne se reposait pas dans un lit, elle devait se coucher près du foyer, dans les cendres. Et comme cela lui donnait toujours un air poussiéreux et malpropre, elles l'appelaient Cendrillon.

Il advint un jour que le père voulut se rendre à la foire, alors il demanda à ses deux belles-filles ce qu'il devait leur rapporter. « De beaux habits », dit l'une. « Des perles et des pierres précieuses », dit la seconde. « Mais toi, Cendrillon, que désires-tu ? dit-il. — Père, le premier rameau qui, sur le chemin du retour, heurtera votre chapeau, cueillez-le pour moi. » Il acheta pour les deux sœurs de belles robes, des perles et des pierres précieuses et sur le chemin du retour, comme il passait à cheval à travers un buisson verdoyant, une branche de noisetier l'effleura et lui enleva son chapeau. Alors il cassa la branche et l'emporta. Rentré chez lui, il donna à ses belles-filles ce qu'elles avaient souhaité, et à Cendrillon la branche de noisetier.

Aschenputtel dankte ihm, ging zu seiner Mutter Grab und pflanzte den Reis darauf und weinte so sehr, daß die Tränen darauf niederfielen und es begossen. Es wuchs aber und ward ein schöner Baum. Aschenputtel ging alle Tage dreimal darunter, weinte und betete, und allemal kam ein weißes Vöglein auf den Baum, und wenn es einen Wunsch aussprach, so warf ihm das Vöglein herab, was es sich gewünscht hatte.

Es begab sich aber, daß der König ein Fest anstellte, das drei Tage dauern sollte und wozu alle schönen Jungfrauen im Lande eingeladen wurden, damit sich sein Sohn eine Braut aussuchen möchte. Die zwei Stiefschwestern, als sie hörten, daß sie auch dabei erscheinen sollten, waren guter Dinge, riefen Aschenputtel und sprachen : »Kämm uns die Haare, bürste uns die Schuhe und mache uns die Schnallen fest, wir gehen zur Hochzeit auf des Königs Schloß.« Aschenputtel gehorchte, weinte aber, weil es auch gern zum Tanz mitgegangen wäre, und bat die Stiefmutter, sie möchte es ihm erlauben. »Du Aschenputtel«, sprach sie, »bist voll Staub und Schmutz und willst zur Hochzeit ? Du hast keine Kleider und Schuhe und willst tanzen ?« Als es aber mit Bitten anhielt, sprach sie endlich : »Da habe ich dir eine Schüssel Linsen in die Asche geschüttet; wenn du die Linsen in zwei Stunden wieder ausgelesen hast, so sollst du mitgehen.« Das Mädchen ging durch die Hintertüre nach dem Garten und rief : »Ihr zahmen Täubchen, ihr Turteltäubchen, all ihr Vöglein unter dem Himmel, kommt und helft mir lesen,

die guten ins Töpfchen,
die schlechten ins Kröpfchen.«

Cendrillon le remercia, alla sur la tombe de sa mère et
y planta la branche, et pleura si fort que ses larmes
tombèrent dessus et l'arrosèrent. Or le rameau grandit
et devint un bel arbre. Et trois fois par jour Cendrillon
allait pleurer et prier sous son arbre, et chaque fois un
petit oiseau blanc y venait et quand elle exprimait un
souhait, l'oiseau faisait tomber entre ses mains ce
qu'elle avait souhaité.

Or, il arriva que le roi donna une fête qui devait
durer trois jours et à laquelle il invita toutes les jolies
filles du pays afin que son fils pût choisir une fiancée.
Quand les deux sœurs apprirent qu'elles devaient s'y
montrer aussi, elles furent ravies, elles appelèrent
Cendrillon et dirent : « Peigne nos cheveux, brosse nos
souliers et serre bien les boucles, nous allons pour la
noce au château du roi. » Cendrillon obéit, mais elle
pleura parce qu'elle aurait bien voulu aller aussi au bal
et elle pria sa belle-mère de le lui permettre. « Mais
Cendrillon, dit-elle, tu es pleine de poussière et de
saletés et tu veux aller à la noce ? Tu n'as pas de robes,
pas de chaussures, et tu veux aller danser ? » Mais
comme elle persistait dans ses prières, la belle-mère dit
enfin : « Je t'ai versé un plat de lentilles dans les
cendres, si dans deux heures tu les as triées, tu
viendras avec nous. » La jeune fille sortit dans le jardin
par la porte de derrière et cria : « Pigeons dociles,
tourterelles, et vous tous oiseaux du ciel, venez et
aidez-moi à trier

les bonnes graines dans le petit pot,
les mauvaises dans votre jabot. »

Da kamen zum Küchenfenster zwei weiße Täubchen herein, und danach die Turteltäubchen, und endlich schwirrten und schwärmten alle Vöglein unter dem Himmel herein und ließen sich um die Asche nieder. Und die Täubchen nickten mit den Köpfchen und fingen an : Pik, pik, pik, pik, und da fingen die übrigen auch an : Pik, pik, pik, pik, und lasen alle guten Körnlein in die Schüssel. Kaum war eine Stunde herum, so waren sie schon fertig und flogen alle wieder hinaus. Da brachte das Mädchen die Schüssel zur Stiefmutter, freute sich und glaubte, es dürfte nun mit auf die Hochzeit gehen. Aber sie sprach : »Nein, Aschenputtel, du hast keine Kleider und kannst nicht tanzen : du wirst nur ausgelacht.« Als es nun weinte, sprach sie : »Wenn du mir zwei Schüsseln voll Linsen in einer Stunde aus der Asche reinlesen kannst, so sollst du mitgehen«, und dachte, das kann es ja nimmermehr. Als sie die zwei Schüsseln Linsen in die Asche geschüttet hatte, ging das Mädchen durch die Hintertüre nach dem Garten und rief : »Ihr zahmen Täubchen, ihr Turteltäubchen, all ihr Vöglein unter dem Himmel, kommt und helft mir lesen,

die guten ins Töpfchen,
die schlechten ins Kröpfchen.«

Da kamen zum Küchenfenster zwei weiße Täubchen herein, und danach die Turteltäubchen, und endlich schwirrten und schwärmten alle Vöglein unter dem Himmel herein und ließen sich um die Asche nieder.

Alors deux colombes blanches entrèrent par la fenêtre
de la cuisine, puis les petites tourterelles, enfin tous les
oiseaux du ciel arrivèrent dans un frémissement d'ailes
et voletèrent et se posèrent autour des cendres. Et les
pigeonneaux penchèrent leurs petites têtes et commencèrent, pic, pic, pic, et les autres s'y mirent aussi, pic,
pic, pic, et ramassèrent tous les bons grains dans le
plat. Au bout d'une heure à peine, ils avaient déjà fini
et reprenaient tous leur vol. Alors la jeune fille alla
porter le plat à sa marâtre, elle était joyeuse et croyait
que maintenant elle aurait le droit d'accompagner les
autres à la noce. Mais elle lui dit : « Non, Cendrillon,
tu n'as pas d'habits et tu ne sais pas danser : on ne
ferait que se moquer de toi. » Comme Cendrillon
pleurait, elle lui dit : « Si tu peux débarrasser de la
cendre deux plats de lentilles en une heure, tu viendras
avec nous », et elle pensait : « Jamais elle ne le
pourra. » Quand elle eut répandu les deux plats dans
les cendres, la jeune fille sortit dans le jardin par la
porte de derrière et cria : « Pigeons dociles, petites
tourterelles et vous tous, oiseaux du ciel, venez et
aidez-moi à trier

> *les bonnes graines dans le petit pot,*
> *les mauvaises dans votre jabot.* »

Alors deux colombes blanches entrèrent par la fenêtre
de la cuisine, puis les petites tourterelles, et enfin tous
les oiseaux du ciel arrivèrent dans un frémissement
d'ailes et voletèrent et se posèrent autour de la cendre.

Und die Täubchen nickten mit ihren Köpfchen und
fingen an : Pik, pik, pik, pik, und da fingen die
übrigen auch an : Pik, pik, pik, pik, und lasen alle
guten Körner in die Schüsseln. Und eh eine halbe
Stunde herum war, waren sie schon fertig und flogen
alle wieder hinaus. Da trug das Mädchen die Schüsseln
zu der Stiefmutter, freute sich und glaubte, nun dürfte
es mit auf die Hochzeit gehen. Aber sie sprach : »Es
hilft dir alles nichts : du kommst nicht mit, denn du
hast keine Kleider und kannst nicht tanzen; wir
müßten uns deiner schämen.« Darauf kehrte sie ihm
den Rücken zu und eilte mit ihren zwei stolzen
Töchtern fort.

Als nun niemand mehr daheim war, ging Aschenputtel zu seiner Mutter Grab unter den Haselbaum
und rief :

> *»Bäumchen, rüttel dich und schüttel dich,*
> *Wirf Gold und Silber über mich.«*

Da warf ihm der Vogel ein golden und silbern Kleid
herunter und mit Seide und Silber ausgestickte Pantoffeln. In aller Eile zog es das Kleid an und ging zur
Hochzeit. Seine Schwestern aber und die Stiefmutter
kannten es nicht und meinten, es müßte eine fremde
Königstochter sein, so schön sah es in dem goldenen
Kleide aus. An Aschenputtel dachten sie gar nicht und
meinten, es säße daheim im Schmutz und suche die
Linsen aus der Asche. Der Königssohn kam ihm
entgegen, nahm es bei der Hand und tanzte mit ihm.
Er wollte auch sonst mit niemand tanzen, also daß er
ihm die Hand nicht losließ, und wenn ein anderer
kam, es aufzufordern, sprach er :

Et les pigeonneaux penchèrent leurs petites têtes et commencèrent, pic, pic, pic, et les autres s'y mirent aussi, pic, pic, pic, et ramassèrent tous les bons grains dans les plats. Et avant qu'une demi-heure fût passée, ils avaient déjà fini et tous reprirent leur vol. Alors la jeune fille alla porter les plats à sa marâtre, elle était joyeuse et croyait que maintenant elle pourrait l'accompagner à la noce. Mais elle dit : « Tout cela ne sert de rien ; tu ne viendras pas avec nous, car tu n'as pas d'habits et tu ne sais pas danser ; tu nous ferais honte. » Puis elle lui tourna le dos et se hâta de partir avec ses deux filles orgueilleuses.

Quand il n'y eut plus personne à la maison, Cendrillon alla sur la tombe de sa mère, sous le noisetier, et s'écria :

> *Petit arbre, agite-toi et secoue-toi,*
> *Jette de l'argent et de l'or sur moi.*

Alors l'oiseau lui jeta une robe d'or et d'argent et des pantoufles brodées de soie et d'argent. Elle mit la robe en toute hâte et alla à la noce. Mais ses sœurs et sa marâtre ne la reconnurent pas et pensèrent que ce devait être une princesse étrangère, tant elle était belle dans sa toilette d'or. Elles ne pensaient pas du tout à Cendrillon, elles la croyaient à la maison, assise dans la crasse à chercher les lentilles parmi les cendres. Le fils du roi alla au-devant d'elle, la prit par la main et dansa avec elle. Il ne voulut danser avec personne d'autre, de sorte qu'il ne lui lâcha plus la main et quand un cavalier venait l'inviter, il lui disait :

»Das ist meine Tänzerin.«

Es tanzte, bis es Abend war, da wollte es nach Hause gehen. Der Königssohn aber sprach : »Ich gehe mit und begleite dich«, denn er wollte sehen, wem das schöne Mädchen angehörte. Sie entwischte ihm aber und sprang in das Taubenhaus. Nun wartete der Königssohn, bis der Vater kam, und sagte ihm, das fremde Mädchen wäre in das Taubenhaus gesprungen. Der Alte dachte : Sollte es Aschenputtel sein ? und sie mußten ihm Axt und Hacken bringen, damit er das Taubenhaus entzweischlagen konnte – aber es war niemand darin. Und als sie ins Haus kamen, lag Aschenputtel in seinen schmutzigen Kleidern in der Asche, und ein trübes Öllämpchen brannte im Schornstein ; denn Aschenputtel war geschwind aus dem Taubenhaus hinten herabgesprungen und war zu dem Haselbäumchen gelaufen ; da hatte es die schönen Kleider abgezogen und aufs Grab gelegt, und der Vogel hatte sie wieder weggenommen, und dann hatte es sich in seinem grauen Kittelchen in die Küche zur Asche gesetzt.

Am andern Tag, als das Fest von neuem anhub und die Eltern und Stiefschwestern wieder fort waren, ging Aschenputtel zu dem Haselbaum und sprach :

> »*Bäumchen, rüttel dich und schüttel dich,*
> *Wirf Gold und Silber über mich.*«

Da warf der Vogel ein noch viel stolzeres Kleid herab als am vorigen Tag. Und als es mit diesem Kleide auf der Hochzeit erschien, erstaunte jedermann über seine Schönheit. Der Königssohn aber hatte gewartet, bis es kam,

« C'est ma cavalière. »

Elle dansa jusqu'au soir, alors elle voulut rentrer chez elle. Mais le fils du roi dit : « Je vais avec toi et je t'accompagne », car il voulait voir à qui appartenait cette jolie jeune fille. Mais elle lui échappa en sautant dans le pigeonnier. Alors le fils du roi attendit le père et lui dit que la jeune fille inconnue avait sauté dans son pigeonnier. Le vieux se demanda : « Serait-ce Cendrillon ? », et ils durent lui apporter une hache et une pioche pour démolir le pigeonnier. Mais il n'y avait personne dedans. Et quand ils entrèrent dans la maison, Cendrillon était couchée dans la cendre avec ses vêtements sales, et une petite lampe à huile jetait une lueur trouble dans la cheminée : car Cendrillon avait vivement sauté du pigeonnier, par-derrière, et avait couru au noisetier. Là elle avait retiré ses beaux vêtements, les avait mis sur la tombe et l'oiseau les avait remportés, puis, vêtue de son sarrau gris, elle s'était assise près de l'âtre, dans la cuisine.

Le lendemain, comme la fête recommençait et que ses parents et ses sœurs étaient de nouveau partis, Cendrillon alla au noisetier et dit :

Petit arbre, agite-toi et secoue-toi,
Jette de l'or et de l'argent sur moi.

Alors l'oiseau lui jeta une robe encore plus splendide que la veille. Et quand, dans cette toilette, elle fit son apparition à la fête, chacun s'extasia sur sa beauté. Mais le fils du roi avait attendu sa venue,

nahm es gleich bei der Hand und tanzte nur allein mit
ihm. Wenn die andern kamen und es aufforderten,
sprach er : »Das ist meine Tänzerin.« Als es nun
Abend war, wollte es fort, und der Königssohn ging
ihm nach und wollte sehen, in welches Haus es ging,
aber es sprang ihm fort und in den Garten hinter dem
Haus. Darin stand ein schöner großer Baum, an dem
die herrlichsten Birnen hingen ; es kletterte so behend
wie ein Eichhörnchen zwischen die Äste, und der
Königssohn wußte nicht, wo es hingekommen war. Er
wartete aber, bis der Vater kam, und sprach zu ihm :
»Das fremde Mädchen ist mir entwischt, und ich
glaube, es ist auf den Birnbaum gesprungen.« Der
Vater dachte : Sollte es Aschenputtel sein ? ließ sich
die Axt holen und hieb den Baum um, aber es war
niemand darauf. Und als sie in die Küche kamen, lag
Aschenputtel da in der Asche, wie sonst auch, denn es
war auf der andern Seite vom Baum herabgesprungen,
hatte dem Vogel auf dem Haselbäumchen die schönen
Kleider wiedergebracht und sein graues Kittelchen
angezogen.

Am dritten Tag, als die Eltern und Schwestern fort
waren, ging Aschenputtel wieder zu seiner Mutter
Grab und sprach zu dem Bäumchen :

> *»Bäumchen, rüttel dich und schüttel dich,*
> *Wirf Gold und Silber über mich.«*

Nun warf ihm der Vogel ein Kleid herab, das war so
prächtig und glänzend, wie es noch keins gehabt hatte,
und die Pantoffeln waren ganz golden. Als es in dem
Kleid zu der Hochzeit kam, wußten sie alle nicht, was
sie vor Verwunderung sagen sollten.

il la prit aussitôt par la main et ne dansa qu'avec elle. Quand les autres venaient l'inviter, il disait : « C'est ma cavalière. » Le soir venu, elle voulut partir, et le fils du roi la suivit pour voir dans quelle maison elle allait : mais elle lui échappa en sautant dans le jardin derrière sa maison. Il y avait là un grand et bel arbre couvert des poires les plus merveilleuses, elle grimpa entre les branches, aussi lestement qu'un écureuil, et le prince ne sut pas où elle avait passé. Mais il attendit le père et lui dit : « La jeune fille inconnue m'a échappé et je crois qu'elle a sauté dans le poirier. » Le père se demanda : « Serait-ce Cendrillon ? », il envoya chercher une hache et abattit l'arbre, mais il n'y avait personne dessus. Et quand ils entrèrent dans la cuisine, Cendrillon était couchée dans la cendre, comme à l'accoutumée, car elle avait sauté par terre de l'autre côté de l'arbre, avait rapporté ses beaux habits à l'oiseau du noisetier et remis son sarrau gris.

Le troisième jour, quand ses parents et ses sœurs furent partis, Cendrillon retourna sur la tombe de sa mère et dit à l'arbuste :

> *Petit arbre, agite-toi et secoue-toi,*
> *Jette de l'or et de l'argent sur moi.*

Alors l'oiseau lui jeta une robe qui était si somptueuse et si brillante qu'elle n'en avait pas encore eu de pareille, et les pantoufles étaient tout en or. Quand elle arriva à la fête, dans cette toilette, tous furent interdits d'admiration.

Der Königssohn tanzte ganz allein mit ihm, und wenn es einer aufforderte, sprach er : »Das ist meine Tänzerin.«

Als es nun Abend war, wollte Aschenputtel fort, und der Königssohn wollte es begleiten, aber es entsprang ihm so geschwind, daß er nicht folgen konnte. Der Königssohn hatte aber eine List gebraucht und hatte die ganze Treppe mit Pech bestreichen lassen; da war, als es hinabsprang, der linke Pantoffel des Mädchens hängengeblieben. Der Königssohn hob ihn auf, und er war klein und zierlich und ganz golden. Am nächsten Morgen ging er damit zu dem Mann und sagte zu ihm : »Keine andere soll meine Gemahlin werden als die, an deren Fuß dieser goldene Schuh paßt.« Da freuten sich die beiden Schwestern, denn sie hatten schöne Füße. Die älteste ging mit dem Schuh in die Kammer und wollte ihn anprobieren, und die Mutter stand dabei. Aber sie konnte mit der großen Zehe nicht hineinkommen, und der Schuh war ihr zu klein; da reichte ihr die Mutter ein Messer und sprach : »Hau die Zehe ab – wenn du Königin bist, so brauchst du nicht mehr zu Fuß zu gehen.« Das Mädchen hieb die Zehe ab, zwängte den Fuß in den Schuh, verbiß den Schmerz und ging heraus zum Königssohn. Da nahm er sie als seine Braut aufs Pferd und ritt mit ihr fort. Sie mußten aber an dem Grabe vorbei, da saßen die zwei Täubchen auf dem Haselbäumchen und riefen :

> *Rucke di guck, rucke di guck,*
> *Blut ist im Schuck (Schuh) :*
> *Der Schuck ist zu klein,*
> *Die rechte Braut sitzt noch daheim.«*

Le fils du roi ne dansa qu'avec elle, et quand quelqu'un d'autre l'invitait, il disait : « C'est ma cavalière. »

Le soir venu, Cendrillon voulut s'en aller et le fils du roi voulut l'accompagner, mais elle lui échappa si vite qu'il ne put la suivre. Seulement, le prince avait usé de ruse et fait enduire de poix tout l'escalier. Alors, comme la jeune fille descendait en sautant, sa pantoufle gauche resta engluée. Le prince la ramassa, elle était petite et mignonne et tout en or. Le lendemain il s'en vint trouver le père et lui dit : « Je ne prendrai pour épouse que celle qui pourra chausser cette chaussure d'or. » Alors les deux sœurs se réjouirent, car elles avaient de jolis pieds. L'aînée alla dans sa chambre avec la pantoufle pour l'essayer, et sa mère était là. Mais elle ne put y faire entrer son gros orteil, le soulier était trop petit pour elle, alors sa mère lui tendit un couteau et lui dit : « Coupe-toi le doigt ; quand tu seras reine, tu n'auras plus besoin d'aller à pied. » La jeune fille se coupa l'orteil, força son pied à entrer dans la chaussure et alla retrouver le prince. Alors il la prit sur son cheval comme sa fiancée et partit avec elle. Mais ils durent passer devant la tombe, les deux petites colombes du noisetier étaient là et crièrent :

Tour nou touk, tour nou touk,
Sang dans la pantouk,
Le soulier est trop petit,
La vraie fiancée est encore au logis.

Da blickte er auf ihren Fuß und sah, wie das Blut
herausquoll. Er wendete sein Pferd um, brachte die
falsche Braut wieder nach Haus und sagte, das wäre
nicht die rechte, die andere Schwester sollte den Schuh
anziehen. Da ging diese in die Kammer und kam mit
den Zehen glücklich in den Schuh, aber die Ferse war
zu groß. Da reichte ihr die Mutter ein Messer und
sprach : »Hau ein Stück von der Ferse ab – wenn du
Königin bist, brauchst du nicht mehr zu Fuß zu
gehen.« Das Mädchen hieb ein Stück von der Ferse ab,
zwängte den Fuß in den Schuh, verbiß den Schmerz
und ging hinaus zum Königssohn. Da nahm er sie als
seine Braut aufs Pferd und ritt mit ihr fort. Als sie an
dem Haselbäumchen vorbeikamen, saßen die zwei
Täubchen darauf und riefen :

> *»Rucke di guck, rucke di guck,*
> *Blut ist im Schuck :*
> *Der Schuck ist zu klein,*
> *Die rechte Braut sitzt noch daheim.«*

Er blickte nieder auf ihren Fuß und sah, wie das Blut
aus dem Schuh quoll und an den weißen Strümpfen
ganz rot heraufgestiegen war. Da wendete er sein Pferd
und brachte die falsche Braut wieder nach Haus. »Das
ist auch nicht die rechte«, sprach er, »habt ihr keine
andere Tochter ?« – »Nein«, sagte der Mann, »nur von
meiner verstorbenen Frau ist noch ein kleines,
schmutziges Aschenputtel da – das kann unmöglich
die Braut sein.« Der Königssohn sprach, er sollte es
heraufschicken, die Mutter aber antwortete : »Ach
nein, das ist viel zu schmutzig, das darf sich nicht
sehen lassen.«

Alors le prince regarda le pied et vit que le sang en coulait. Il tourna bride, ramena la fausse fiancée chez elle, dit que ce n'était pas la bonne et qu'il fallait que l'autre sœur essayât le soulier. Alors celle-ci alla dans la chambre et put faire entrer ses orteils dans la chaussure, mais son talon était trop grand. Alors sa mère lui tendit un couteau et lui dit : « Coupe-toi un bout de talon. Quand tu seras reine, tu n'auras pas besoin d'aller à pied. » La jeune fille se coupa un morceau de talon, força son pied à entrer dans la chaussure, réprima sa douleur et sortit retrouver le prince. Alors il la prit sur son cheval comme sa fiancée et partit avec elle. Quand ils passèrent devant le noisetier, les petites colombes qui y étaient perchées crièrent :

> *Tour nou touk, tour nou touk,*
> *Sang dans la pantouk,*
> *Le soulier est trop petit,*
> *La vraie fiancée est encore au logis.*

Il baissa les yeux vers le pied et vit que le sang coulait de la chaussure et montait tout rouge le long des bas blancs. Alors il tourna bride et ramena la fausse fiancée chez elle. « Celle-là n'est pas non plus la bonne, dit-il, n'avez-vous pas d'autre fille ? — Non, dit l'homme, mais j'ai encore de ma défunte femme une petite bête de Cendrillon. Impossible qu'elle soit la fiancée. » Le fils du roi dit qu'il fallait l'envoyer chercher, mais la mère répondit : « Oh non, elle est bien trop sale, elle ne peut pas se montrer. »

Er wollte es aber durchaus haben, und Aschenputtel
mußte gerufen werden. Da wusch es sich erst Hände
und Angesicht rein, ging dann hin und neigte sich vor
dem Königssohn, der ihm den goldenen Schuh
reichte. Dann setzte es sich auf einen Schemel, zog den
Fuß aus dem schweren Holzschuh und steckte ihn in
den Pantoffel, der war wie angegossen. Und als es sich
in die Höhe richtete und der Königssohn ihm ins
Gesicht sah, so erkannte er das schöne Mädchen, das
mit ihm getanzt hatte, und rief: »Das ist die rechte
Braut!« Die Stiefmutter und die beiden Schwestern
erschraken und wurden bleich vor Ärger; er aber
nahm Aschenputtel aufs Pferd und ritt mit ihm fort.
Als sie an dem Haselbäumchen vorbeikamen, riefen
die zwei weißen Täubchen:

> *»Rucke di guck, rucke di guck,*
> *Kein Blut ist im Schuck:*
> *Der Schuck ist nicht zu klein,*
> *Die rechte Braut, die führt er heim.«*

Und als sie das gerufen hatten, kamen sie beide
herabgeflogen und setzten sich dem Aschenputtel auf
die Schultern, eine rechts, die andere links, und
blieben da sitzen.

Als die Hochzeit mit dem Königssohn sollte gehalten werden, kamen die falschen Schwestern, wollten
sich einschmeicheln und teil an seinem Glück nehmen.
Als die Brautleute nun zur Kirche gingen, war die
älteste zur rechten, die jüngste zur linken Seite —

Mais il le voulait absolument et il fallut appeler Cendrillon. Alors elle se lava d'abord les mains et la figure, puis elle vint et s'inclina devant le fils du roi, qui lui tendit la pantoufle d'or. Ensuite elle s'assit sur un escabeau, sortit le pied de son lourd sabot et le mit dans la pantoufle qui lui allait comme un gant. Et quand elle se redressa et que le roi vit son visage, il reconnut la jolie jeune fille avec laquelle il avait dansé et s'écria : « Voilà la vraie fiancée. » La marâtre et les deux sœurs furent terrifiées et devinrent blanches de rage. Mais lui, il prit Cendrillon sur son cheval et partit avec elle. Quand ils passèrent devant le noisetier, les deux colombes blanches crièrent :

> *Tour nou touk, tour nou touk,*
> *Pas de sang dans la pantouk,*
> *Le soulier n'est pas trop petit,*
> *C'est la vraie fiancée qu'il mène au logis.*

Puis quand elles eurent crié cela, elles descendirent toutes deux et se posèrent sur les épaules de Cendrillon, l'une à droite, l'autre à gauche, et y restèrent juchées.

Au moment où l'on célébrait ses noces avec le fils du roi, ses perfides sœurs vinrent la voir et voulurent s'insinuer dans ses bonnes grâces pour avoir part à sa fortune. Comme les fiancés allaient à l'église, l'aînée marchait à droite et la cadette à gauche.

da pickten die Tauben einer jeden das eine Auge aus. Hernach, als sie herausgingen, war die älteste zur linken und die jüngste zur rechten – da pickten die Tauben einer jeden das andere Auge aus. Und waren sie also für ihre Bosheit und Falschheit mit Blindheit auf ihr Lebtag gestraft.

Alors les colombes vinrent crever un œil à chacune d'elles. Ainsi, pour leur méchanceté et leur perfidie, elles furent punies de cécité pour le restant de leurs jours.

Sneewittchen

Es war einmal mitten im Winter, und die Schnee-
flocken fielen wie Federn vom Himmel herab, da saß
eine Königin an einem Fenster, das einen Rahmen von
schwarzem Ebenholz hatte, und nähte. Und wie sie so
nähte und nach dem Schnee aufblickte, stach sie sich
mit der Nadel in den Finger, und es fielen drei
Tropfen Blut in den Schnee. Und weil das Rote im
weißen Schnee so schön aussah, dachte sie bei sich :
Hätt ich ein Kind so weiß wie Schnee, so rot wie Blut
und so schwarz wie das Holz an den Rahmen. Bald
darauf bekam sie ein Töchterlein, das war so weiß wie
Schnee, so rot wie Blut und so schwarzhaarig wie
Ebenholz, und ward darum das »Sneewittchen«
(Schneeweißchen) genannt. Und wie das Kind geboren
war, starb die Königin.

Über ein Jahr nahm sich der König eine andere
Gemahlin. Es war eine schöne Frau, aber sie war stolz
und übermütig und konnte nicht leiden, daß sie an
Schönheit von jemand sollte übertroffen werden. Sie
hatte einen wunderbaren Spiegel ; wenn sie vor den
trat und sich darin beschaute, sprach sie :

Blancheneige

Un jour, c'était au beau milieu de l'hiver et les flocons de neige tombaient du ciel comme du duvet, une reine était assise auprès d'une fenêtre encadrée d'ébène noire, et cousait. Et tandis qu'elle cousait ainsi et regardait neiger, elle se piqua le doigt avec son aiguille et trois gouttes de sang tombèrent dans la neige. Et le rouge était si joli à voir sur la neige blanche qu'elle se dit : « Oh, puissé-je avoir une enfant aussi blanche que la neige, aussi rouge que le sang et aussi noire que le bois de ce cadre ! » Peu après, elle eut une petite fille qui était aussi blanche que la neige, aussi rouge que le sang et aussi noire de cheveux que l'ébène, et que pour cette raison on appela Blancheneige. Et quand l'enfant fut née, la reine mourut.

Un an plus tard, le roi prit une autre épouse. C'était une belle femme, mais fière et hautaine, et elle ne pouvait pas souffrir que quelqu'un la surpassât en beauté. Elle avait un miroir magique, quand elle se mettait devant et s'y contemplait, elle disait :

> *Spieglein, Spieglein an der Wand,*
> *Wer ist die Schönste im ganzen Land?*

so antwortete der Spiegel:

> *Frau Königin, Ihr seid die Schönste im Land.*

Da war sie zufrieden, denn sie wußte, daß der Spiegel die Wahrheit sagte.

Sneewittchen aber wuchs heran und wurde immer schöner, und als es sieben Jahre alt war, war es so schön wie der klare Tag und schöner als die Königin selbst. Als diese einmal ihren Spiegel fragte:

> *Spieglein, Spieglein an der Wand,*
> *Wer ist die Schönste im ganzen Land?*

so antwortete er:

> *Frau Königin, Ihr seid die Schönste hier;*
> *Aber Sneewittchen ist tausendmal schöner als Ihr.*

Da erschrak die Königin und ward gelb und grün vor Neid. Von Stund an, wenn sie Sneewittchen erblickte, kehrte sich ihr das Herz im Leibe herum, so haßte sie das Mädchen. Und der Neid und Hochmut wuchsen wie ein Unkraut in ihrem Herzen immer höher, daß sie Tag und Nacht keine Ruhe mehr hatte. Da rief sie einen Jäger und sprach: »Bring das Kind hinaus in den Wald, ich will's nicht mehr vor meinen Augen sehen. Du sollst es töten und mir Lunge und Leber zum Wahrzeichen mitbringen.« Der Jäger gehorchte und führte es hinaus, und als er den Hirschfänger gezogen hatte und Sneewittchens unschuldiges Herz durchbohren wollte, fing es an zu weinen und sprach:

> *Petit miroir, petit miroir chéri,*
> *Quelle est la plus belle de tout le pays ?*

et le miroir répondait :

> *Madame la Reine, vous êtes la plus belle de tout le pays.*

Alors elle était tranquille, car elle savait que le miroir disait vrai.

Cependant Blancheneige grandissait et embellissait de plus en plus ; quand elle eut sept ans, elle était aussi belle que la lumière du jour et plus belle que la reine elle-même. Et un jour que celle-ci demandait au miroir :

> *Petit miroir, petit miroir chéri,*
> *Quelle est la plus belle de tout le pays ?*

il répondit :

> *Madame la Reine, vous êtes la plus belle ici,*
> *Mais Blancheneige est mille fois plus jolie.*

Alors, la reine prit peur et devint jaune et verte de jalousie. Dès lors, quand elle apercevait Blancheneige, son cœur se retournait dans sa poitrine, tant elle haïssait l'enfant. Et sa jalousie et son orgueil ne cessaient de croître comme une mauvaise herbe, de sorte qu'elle n'avait de repos ni le jour ni la nuit. Alors elle fit venir un chasseur et lui dit : « Emmène cette enfant dans la forêt, je ne veux plus l'avoir sous les yeux. Tu la tueras et tu me rapporteras son foie et ses poumons comme preuve. » Le chasseur obéit et l'emmena, mais quand il eut tiré son poignard et voulut percer le cœur innocent de Blancheneige, elle se mit à pleurer et dit :

»Ach, lieber Jäger, laß mir mein Leben; ich will in den
wilden Wald laufen und nimmermehr wieder heim-
kommen.« Und weil es so schön war, hatte der Jäger
Mitleiden und sprach : »So lauf hin, du armes Kind.«
– Die wilden Tiere werden dich bald gefressen haben,
dachte er, und doch war's ihm, als wär ein Stein von
seinem Herzen gewälzt, weil er es nicht zu töten
brauchte. Und als gerade ein junger Frischling daher-
gesprungen kam, stach er ihn ab, nahm Lunge und
Leber heraus und brachte sie als Wahrzeichen der
Königin mit. Der Koch mußte sie in Salz kochen, und
das boshafte Weib aß sie auf und meinte, sie hätte
Sneewittchens Lunge und Leber gegessen.

Nun war das arme Kind in dem großen Wald
mutterseelig allein, und ward ihm so angst, daß es alle
Blätter an den Bäumen ansah und nicht wußte, wie es
sich helfen sollte. Da fing es an zu laufen und lief über
die spitzen Steine und durch die Dornen, und die
wilden Tiere sprangen an ihm vorbei, aber sie taten
ihm nichts. Es lief, solange nur die Füße noch
fortkonnten, bis es bald Abend werden wollte; da sah
es ein kleines Häuschen und ging hinein, sich zu
ruhen. In dem Häuschen war alles klein, aber so
zierlich und reinlich, daß es nicht zu sagen ist. Da
stand ein weißgedecktes Tischlein mit sieben kleinen
Tellern, jedes Tellerlein mit seinem Löffelein, ferner
sieben Messerlein und Gäblein und sieben Becherlein.
An der Wand waren sieben Bettlein nebeneinander
aufgestellt und schneeweiße Laken darübergedeckt.
Sneewittchen, weil es so hungrig und durstig war, aß
von jedem Tellerlein ein wenig Gemüs und Brot und
trank aus jedem Becherlein einen Tropfen Wein;

« Mon bon chasseur, laisse-moi la vie, je m'enfuirai dans le bois sauvage et je ne rentrerai plus jamais. » Et comme elle était si jolie, le chasseur eut pitié et dit : « Cours donc, pauvre enfant. — Les bêtes sauvages auront tôt fait de te dévorer », pensa-t-il, mais à l'idée de n'avoir pas à la tuer, il se sentait soulagé d'un grand poids. Et comme un jeune marcassin venait vers lui en bondissant, il l'égorgea, prit ses poumons et son foie, et les rapporta à la reine comme preuve. Le cuisinier dut les faire cuire au sel, et la méchante femme les mangea et crut avoir mangé les poumons et le foie de Blancheneige.

Maintenant, la pauvre enfant était toute seule dans les grands bois et avait si grand-peur qu'elle regardait toutes les feuilles des arbres et ne savait à quel saint se vouer. Alors elle se mit à courir sur les cailloux et à travers les ronces, et les bêtes sauvages passaient devant elle en bondissant, mais elles ne lui faisaient pas de mal. Elle courut aussi longtemps que ses jambes purent la porter, jusqu'à la tombée du jour, alors elle vit une petite maison et y entra pour se reposer. Dans la cabane, tout était petit, mais si mignon et si propre qu'on ne saurait en donner une idée. Il y avait une petite table recouverte d'une nappe blanche avec sept petites assiettes, chacune avec sa petite cuiller, puis sept petits couteaux et fourchettes et sept petits gobelets. Sept petits lits étaient placés l'un à côté de l'autre contre le mur, et ils étaient couverts de draps blancs comme neige. Blancheneige, qui avait grand-faim et grand-soif, mangea un peu de légumes et de pain dans chaque petite assiette et but une goutte de vin dans chaque petit gobelet,

denn es wollte nicht einem allein alles wegnehmen. Hernach, weil es so müde war, legte es sich in ein Bettchen, aber keins paßte; das eine war zu lang, das andere zu kurz, bis endlich das siebente recht war : und darin blieb es liegen, befahl sich Gott und schlief ein.

Als es ganz dunkel geworden war, kamen die Herren von dem Häuslein, das waren die sieben Zwerge, die in den Bergen nach Erz hackten und gruben. Sie zündeten ihre sieben Lichtlein an, und wie es nun hell im Häuslein ward, sahen sie, daß jemand darin gewesen war, denn es stand nicht alles so in der Ordnung, wie sie es verlassen hatten. Der erste sprach : »Wer hat auf meinem Stühlchen gesessen ?« Der zweite : »Wer hat von meinem Tellerchen gegessen ?« Der dritte : »Wer hat von meinem Brötchen genommen ?« Der vierte : »Wer hat von meinem Gemüschen gegessen ?« Der fünfte : »Wer hat mit meinem Gäbelchen gestochen ?« Der sechste : »Wer hat mit meinem Messerchen geschnitten ?« Der siebente : »Wer hat aus meinem Becherlein getrunken ?« Dann sah sich der erste um und sah, daß auf seinem Bett eine kleine Delle war, da sprach er : »Wer hat in mein Bettchen getreten ?« Die andern kamen gelaufen und riefen : »In meinem hat auch jemand gelegen.« Der siebente aber, als er in sein Bett sah, erblickte Sneewittchen, das lag darin und schlief. Nun rief er die andern, die kamen herbeigelaufen und schrien vor Verwunderung, holten ihre sieben Lichtlein und beleuchteten Sneewittchen. »Ei, du mein Gott ! Ei, du mein Gott !« riefen sie. »Was is das Kind so schön !«

car elle ne voulait pas tout prendre au même. Ensuite, elle était tellement lasse qu'elle se coucha dans un petit lit, mais aucun ne lui allait, l'un était trop long, l'autre trop court, enfin le septième fut à sa taille : elle y resta, se recommanda à Dieu et s'endormit.

Quand il fit tout à fait nuit, les maîtres du logis rentrèrent ; c'étaient les sept nains qui travaillaient dans les montagnes, creusant et piochant pour en extraire le minerai. Ils allumèrent leurs sept petites chandelles et dès qu'il fit clair dans la maison, ils virent qu'il était venu quelqu'un, car tout n'était plus dans l'ordre où ils l'avaient laissé. Le premier dit : « Qui s'est assis sur ma petite chaise ? » Le second : « Qui a mangé dans ma petite assiette ? » Le troisième : « Qui a pris de mon petit pain ? » Le quatrième : « Qui a mangé de mes petits légumes ? » Le cinquième : « Qui a piqué avec ma petite fourchette ? » Le sixième : « Qui a coupé avec mon petit couteau ? » Le septième : « Qui a bu dans mon petit gobelet ? » Puis le premier regarda autour de lui, vit un creux dans son lit et s'écria : « Qui est entré dans mon petit lit ? » Les autres accoururent et s'écrièrent : « Quelqu'un a couché dans le mien aussi ! » Mais en regardant dans son lit, le septième aperçut Blancheneige qui y était couchée et dormait. Alors il appela les autres qui se précipitèrent et poussèrent des cris de surprise, ils allèrent chercher leurs sept petites chandelles, et éclairèrent Blancheneige. « O mon Dieu, s'écrièrent-ils, mon Dieu, que cette enfant est donc belle ! »

und hatten so große Freude, daß sie es nicht aufweck-
ten, sondern im Bettlein fortschlafen ließen. Der
siebente Zwerg aber schlief bei seinen Gesellen, bei
jedem eine Stunde, da war die Nacht herum.

Als es Morgen war, erwachte Sneewittchen, und wie
es die sieben Zwerge sah, erschrak es. Sie waren aber
freundlich und fragten : »Wie heißt du ?« – »Ich heiße
Sneewittchen«, antwortete es. »Wie bist du in unser
Haus gekommen ?« sprachen weiter die Zwerge. Da
erzählte es ihnen, daß seine Stiefmutter es hätte wollen
umbringen lassen, der Jäger hätte ihm aber das Leben
geschenkt, und da wär es gelaufen den ganzen Tag, bis
es endlich ihr Häuslein gefunden hätte. Die Zwerge
sprachen : »Willst du unsern Haushalt versehen,
kochen, betten, waschen, nähen und stricken, und
willst du alles ordentlich und reinlich halten, so kannst
du bei uns bleiben, und es soll dir an nichts fehlen.« –
»Ja«, sagte Sneewittchen, »von Herzen gern«, und
blieb bei ihnen. Es hielt ihnen das Haus in Ordnung :
Morgens gingen sie in die Berge und suchten Erz und
Gold, abends kamen sie wieder, und da mußte ihr
Essen bereit sein. Den Tag über war das Mädchen
allein ; da warnten es die guten Zwerglein und sprachen : »Hüte dich vor deiner Stiefmutter, die wird
bald wissen, daß du hier bist ; laß ja niemand herein.«

Die Königin aber, nachdem sie Sneewittchens
Lunge und Leber glaubte gegessen zu haben, dachte
nicht anders, als sie wäre wieder die Erste und
Allerschönste, trat vor ihren Spiegel und sprach :

Spieglein, Spieglein an der Wand,
Wer ist die Schönste im ganzen Land ?

Et leur joie fut si grande qu'ils ne la réveillèrent pas, mais la laissèrent dormir dans son petit lit. Quant au septième nain, il coucha avec ses compagnons, une heure avec chacun, et la nuit se trouva passée.

Le matin venu, Blancheneige se réveilla et en voyant les sept nains, elle fut prise de peur. Mais ils se montrèrent gentils et lui demandèrent : « Comment t'appelles-tu ? — Je m'appelle Blancheneige », répondit-elle. « Comment es-tu venue chez nous ? » Alors elle leur raconta que sa marâtre avait voulu la faire tuer, mais que le chasseur lui avait laissé la vie, et qu'elle avait couru tout le jour, jusqu'au moment où elle avait enfin trouvé leur maisonnette. Les nains lui dirent : « Si tu veux t'occuper de notre ménage, faire la cuisine, les lits, la lessive, coudre et tricoter, tu peux rester chez nous, tu ne manqueras de rien. — Oui, répondit Blancheneige, j'accepte de tout mon cœur », et elle resta chez eux. Elle tint la maison en ordre. Le matin, ils partaient pour les montagnes où ils cherchaient le minerai et l'or, le soir ils rentraient et alors leur repas devait être préparé. La fillette étant seule tout le jour, les bons nains lui conseillèrent la prudence et dirent : « Prends garde à ta belle-mère, elle saura bientôt que tu es ici, surtout ne laisse entrer personne. »

Mais la reine, croyant avoir mangé le foie et les poumons de Blancheneige, ne douta pas d'être de nouveau la première et la plus belle de toutes, elle se mit devant son miroir et dit :

Petit miroir, petit miroir chéri,
Quelle est la plus belle de tout le pays ?

Da antwortete der Spiegel :

> *Frau Königin, Ihr seid die Schönste hier ;*
> *Aber Sneewittchen über den Bergen*
> *Bei den sieben Zwergen*
> *Ist noch tausendmal schöner als Ihr.*

Da erschrak sie, denn sie wußte, daß der Spiegel keine Unwahrheit sprach, und merkte, daß der Jäger sie betrogen hatte und Sneewittchen noch am Leben war. Und da sann und sann sie aufs neue, wie sie es umbringen wollte ; denn solange sie nicht die Schönste war im ganzen Land, ließ ihr der Neid keine Ruhe. Und als sie sich endlich etwas ausgedacht hatte, färbte sie sich das Gesicht und kleidete sich wie eine alte Krämerin und war ganz unkenntlich. In dieser Gestalt ging sie über die sieben Berge zu den sieben Zwergen, klopfte an die Tür und rief : »Schöne Ware feil, feil !« Sneewittchen guckte zum Fenster hinaus und rief : »Guten Tag, liebe Frau, was habt Ihr zu verkaufen ?« – »Gute Ware, schöne Ware«, antwortete sie, »Schnürriemen von allen Farben«, und holte einen hervor, der aus bunter Seide geflochten war. Die ehrliche Frau kann ich hereinlassen, dachte Sneewittchen, riegelte die Türe auf und kaufte sich den hübschen Schnürriemen. »Kind«, sprach die Alte, »wie du aussiehst ! Komm, ich will dich einmal ordentlich schnüren.« Sneewittchen hatte kein Arg, stellte sich vor sie und ließ sich mit dem neuen Schnürriemen schnüren : aber die Alte schnürte geschwind und schnürte so fest, daß dem Sneewittchen der Atem verging und es für tot hinfiel. »Nun bist du die Schönste gewesen«, sprach sie und eilte hinaus.

Alors le miroir répondit :

> *Madame la Reine, vous êtes la plus belle ici,*
> *Mais Blancheneige au-delà des monts*
> *Chez les sept nains*
> *Est encore mille fois plus jolie.*

Alors la frayeur la prit, car elle savait que le miroir ne disait pas de mensonge, elle comprit que le chasseur l'avait trompée et que Blancheneige était toujours en vie. Et alors elle se creusa de nouveau la cervelle pour trouver un moyen de la tuer, car, tant qu'elle n'était pas la plus belle de tout le pays, la jalousie ne lui laissait pas de repos. Et quand elle eut enfin imaginé un moyen, elle se farda le visage, s'habilla en vieille mercière et fut tout à fait méconnaissable. Ainsi faite, elle se rendit chez les sept nains par-delà les sept montagnes, frappa à la porte et cria : « Belle marchandise à vendre ! A vendre ! » Blancheneige regarda par la fenêtre et dit : « Bonjour, ma brave femme, qu'avez-vous à vendre ? — De la bonne marchandise, de la belle marchandise, répondit-elle, des lacets de toutes les couleurs », et elle en sortit un, qui était fait de tresses multicolores : « Je peux bien laisser entrer cette brave femme », se dit Blancheneige, elle tira le verrou et fit emplette du joli lacet. « Enfant, dit la vieille, comment es-tu fagotée ! Viens ici, que je te lace comme il faut. » Blancheneige ne se méfiait pas, elle se plaça devant elle et se fit mettre le lacet neuf. Mais la vieille la laça si vite et la serra tant que Blancheneige en perdit le souffle et tomba comme morte. « Maintenant, dit la vieille, tu as cessé d'être la plus belle », et elle s'en fut en courant.

Nicht lange darauf, zur Abendzeit, kamen die
sieben Zwerge nach Haus; aber wie erschraken sie, als
sie ihr liebes Sneewittchen auf der Erde liegen sahen,
und es regte und bewegte sich nicht, als wär es tot. Sie
hoben es in die Höhe, und weil sie sahen, daß es zu fest
geschnürt war, schnitten sie den Schnürriemen ent-
zwei – da fing es an, ein wenig zu atmen, und ward
nach und nach wieder lebendig. Als die Zwerge
hörten, was geschehen war, sprachen sie : »Die alte
Krämerfrau war niemand als die gottlose Köningin –
hüte dich und laß keinen Menschen herein, wenn wir
nicht bei dir sind.«

Das böse Weib aber, als es nach Haus gekommen
war, ging vor den Spiegel und fragte :

> *Spieglein, Spieglein an der Wand,*
> *Wer ist die Schönste im ganzen Land?*

Da antwortete er wie sonst :

> *Frau Königin, Ihr seid die Schönste hier;*
> *Aber Sneewittchen über den Bergen*
> *Bei den sieben Zwergen*
> *Ist noch tausendmal schöner als Ihr.*

Als sie das hörte, lief ihr alles Blut zum Herzen, so
erschrak sie, denn sie sah wohl, daß Sneewittchen
wieder lebendig geworden war. »Nun aber«, sprach
sie, »will ich etwas aussinnen, das dich zugrunde
richten soll«, und mit Hexenkünsten, die sie verstand,
machte sie einen giftigen Kamm. Dann verkleidete sie
sich und nahm die Gestalt eines andern alten Weibes
an.

Peu après, à l'heure du dîner, les sept nains rentrèrent chez eux, mais quelle ne fut pas leur frayeur en voyant leur chère Blancheneige couchée par terre ; et elle ne remuait et ne bougeait pas plus qu'une morte. Ils la relevèrent et, découvrant qu'elle était trop serrée, coupèrent le lacet. Alors elle se remit à respirer un peu et se ranima petit à petit. Quand les nains apprirent ce qui s'était passé, ils dirent : « La vieille mercière n'était autre que cette reine impie. Sois sur tes gardes, et ne laisse entrer personne quand nous ne sommes pas près de toi. »

Sitôt rentrée chez elle cependant, la mégère alla devant son miroir et demanda :

> *Petit miroir, petit miroir chéri,*
> *Quelle est la plus belle de tout le pays ?*

Alors il répondit comme l'autre fois :

> *Madame la Reine, vous êtes la plus belle ici,*
> *Mais Blancheneige au-delà des monts*
> *Chez les sept nains*
> *Est encore mille fois plus jolie.*

En entendant ces mots, elle fut si effrayée que tout son sang reflua vers son cœur, car elle voyait bien qu'une fois encore, Blancheneige avait recouvré la vie. « Mais maintenant, dit-elle, je vais inventer quelque chose qui te fera périr », et à l'aide de tours magiques qu'elle connaissait, elle fabriqua un peigne empoisonné. Puis elle se déguisa et prit la forme d'une autre vieille femme.

So ging sie hin über die sieben Berge zu den sieben Zwergen, klopfte an die Türe und rief : » Gute Ware feil, feil !« Sneewittchen schaute heraus und sprach : »Geht nur weiter, ich darf niemand hereinlassen.« »Das Ansehen wird dir doch erlaubt sein«, sprach die Alte, zog den giftigen Kamm heraus und hielt ihn in die Höhe. Da gefiel er dem Kinde so gut, daß es sich betören ließ und die Türe öffnete. Als sie des Kaufs einig waren, sprach die Alte : »Nun will ich dich einmal ordentlich kämmen.« Das arme Sneewittchen dachte an nichts und ließ die Alte gewähren ; aber kaum hatte sie den Kamm in die Haare gesteckt, als das Gift darin wirkte und das Mädchen ohne Besinnung niederfiel. »Du Ausbund von Schönheit«, sprach das boshafte Weib, »jetzt ist's um dich geschehen«, und ging fort. Zum Glück aber war es bald Abend, wo die sieben Zwerglein nach Haus kamen. Als sie Sneewittchen wie tot auf der Erde liegen sahen, hatten sie gleich die Stiefmutter in Verdacht, suchten nach und fanden den giftigen Kamm, und kaum hatten sie ihn herausgezogen, so kam Sneewittchen wieder zu sich und erzählte, was vorgegangen war. Da warnten sie es noch einmal, auf seiner Hut zu sein und niemand die Türe zu öffnen.

Die Königin stellte sich daheim vor den Spiegel und sprach :

> *Spieglein, Spieglein an der Wand,*
> *Wer ist die Schönste im ganzen Land ?*

Da antwortete er wie vorher :

Elle se rendit chez les sept nains par-delà les sept montagnes, frappa à la porte et cria : « Bonne marchandise à vendre ! A vendre ! » Blancheneige regarda dehors et dit : « Passez votre chemin, je ne peux laisser entrer personne. — Tu as bien le droit de regarder », dit la vieille, elle sortit le peigne empoisonné et le tint en l'air. Il plut tellement à l'enfant qu'elle se laissa tenter et ouvrit la porte. Lorsqu'elles furent d'accord sur l'achat, la vieille lui dit : « A présent, je vais te coiffer comme il faut. » La pauvre Blancheneige, qui ne se méfiait de rien, laissa faire la vieille, mais à peine celle-ci lui eut-elle mis le peigne dans les cheveux que le poison fit son effet et que la jeune fille tomba sans connaissance. « O prodige de beauté, dit la méchante femme, maintenant c'en est fait de toi », et elle partit. Par bonheur, c'était bientôt l'heure où les sept nains rentraient chez eux. Quand ils virent Blancheneige couchée par terre, comme morte, ils soupçonnèrent aussitôt la marâtre, cherchèrent et trouvèrent le peigne empoisonné, et à peine l'avaient-ils retiré que Blancheneige revenait à elle et leur racontait ce qui était arrivé. Alors ils lui conseillèrent une fois de plus d'être sur ses gardes et de n'ouvrir la porte à personne.

Une fois chez elle, la reine se mit devant son miroir et dit :

> *Petit miroir, petit miroir chéri,*
> *Quelle est la plus belle de tout le pays ?*

Alors il répondit comme avant :

Frau Königin, Ihr seid die Schönste hier;
Aber Sneewittchen über den Bergen
Bei den sieben Zwergen
Ist noch tausendmal schöner als Ihr.

Als sie den Spiegel so reden hörte, zitterte und bebte sie vor Zorn. »Sneewittchen soll sterben«, rief sie, »und wenn es mein eigenes Leben kostet.« Darauf ging sie in eine ganz verborgene einsame Kammer, wo niemand hinkam, und machte da einen giftigen, giftigen Apfel. Äußerlich sah er schön aus, weiß mit roten Backen, daß jeder, der ihn erblickte, Lust danach bekam; aber wer ein Stückchen davon aß, der mußte sterben. Als der Apfel fertig war, färbte sie sich das Gesicht und verkleidete sich in eine Bauersfrau, und so ging sie über die sieben Berg zu den sieben Zwergen. Sie klopfte an, Sneewittchen streckte den Kopf zum Fenster heraus und sprach: »Ich darf keinen Menschen einlassen, die sieben Zwerge haben mir's verboten.« – »Mir auch recht«, antwortete die Bäurin, »meine Äpfel will ich schon loswerden. Da, einen will ich dir schenken.« – »Nein«, sprach Sneewittchen, »ich darf nichts annehmen.« – »Fürchtest du dich vor Gift?« sprach die Alte. »Siehst du, da schneide ich den Apfel in zwei Teile; den roten Backen ißt du, den weißen will ich essen.« Der Apfel war aber so künstlich gemacht, daß der rote Backen allein vergiftet war. Sneewittchen gelüstete es nach dem schönen Apfel, und als es sah, daß die Bäurin davon aß, so konnte es nicht länger widerstehen, streckte die Hand hinaus und nahm die giftige Hälfte. Kaum aber hatte es einen Bissen davon im Mund, so fiel es tot zur Erde nieder.

Madame la Reine, vous êtes la plus belle ici,
Mais Blancheneige au-delà des monts
Chez les sept nains
Est encore mille fois plus jolie.

En entendant le miroir parler ainsi, elle tressaillit et
trembla de colère : « Blancheneige doit mourir, dit-
elle, quand il m'en coûterait ma propre vie. » Là-
dessus, elle alla dans une chambre secrète et solitaire
où personne n'entrait jamais, et elle fabriqua une
pomme empoisonnée. Extérieurement elle avait belle
apparence, blanche avec des joues rouges, si bien
qu'elle faisait envie à quiconque la voyait, mais
quiconque en mangeait une bouchée était voué à la
mort. Quand la pomme fut fabriquée, elle se farda le
visage et se déguisa en paysanne, et ainsi faite, elle se
rendit chez les sept nains par-delà les sept montagnes.
Elle frappa à la porte, Blancheneige passa la tête par la
fenêtre et dit : « Je ne dois laisser entrer personne, les
sept nains me l'ont défendu. — Tant pis, dit la
paysanne, je n'aurai pas de peine à me débarrasser de
mes pommes. Tiens, je vais t'en donner une. — Non,
dit Blancheneige, je ne dois rien accepter. — Aurais-tu
peur du poison ? dit la vieille, regarde, je coupe la
pomme en deux, toi, tu mangeras la joue rouge et moi,
la joue blanche. » Mais la pomme était faite si
habilement que seul le côté rouge était empoisonné. La
belle pomme faisait envie à Blancheneige et quand elle
vit la paysanne en manger, elle ne put résister plus
longtemps, tendit la main et prit la moitié empoisonnée. Mais à peine en avait-elle pris une bouchée qu'elle
tombait morte.

Da betrachtete es die Königin mit grausigen Blicken
und lachte überlaut und sprach : »Weiß wie Schnee,
rot wie Blut, schwarz wie Ebenholz ! Diesmal können
dich die Zwerge nicht wieder erwecken.« Und als sie
daheim den Spiegel befragte :

> *Spieglein, Spieglein an der Wand,*
> *Wer ist die Schönste im ganzen Land ?*

so antwortete er endlich :

> *Frau Königin, Ihr seid die Schönste im Land.*

Da hatte ihr neidisches Herz Ruhe, so gut ein
neidisches Herz Ruhe haben kann.

Die Zwerglein, wie sie abends nach Hause kamen,
fanden Sneewittchen auf der Erde liegen, und es ging
kein Atem mehr aus seinem Mund, und es war tot. Sie
hoben es auf, suchten, ob sie was Giftiges fänden,
schnürten es auf, kämmten ihm die Haare, wuschen es
mit Wasser und Wein, aber es half alles nichts ; das
liebe Kind war tot und blieb tot. Sie legten es auf eine
Bahre und setzten sich alle siebene daran und beweinten es und weinten drei Tage lang. Da wollten sie es
begraben, aber es sah noch so frisch aus wie ein
lebender Mensch und hatte noch seine schönen roten
Backen. Sie sprachen : »Das können wir nicht in die
schwarze Erde versenken«, und ließen einen durch-
sichtigen Sarg von Glas machen, daß man es von allen
Seiten sehen konnte, legten es hinein und schrieben
mit goldenen Buchstaben seinen Namen darauf und
daß es eine Königstochter wäre. Dann setzten sie den
Sarg hinaus auf den Berg, und einer von ihnen blieb
immer dabei und bewachte ihn.

Alors la reine la contempla avec des regards affreux, rit
à gorge déployée et dit : « Blanche comme neige, rouge
comme sang, noire comme ébène ! Cette fois les nains
ne pourront pas te réveiller. » Et comme, une fois chez
elle, elle interrogeait son miroir :

> *Petit miroir, petit miroir chéri,*
> *Quelle est la plus belle de tout le pays ?*

Il répondit enfin :

> *Madame la Reine, vous êtes la plus belle du pays.*

Alors son cœur jaloux fut en repos, autant qu'un cœur
jaloux puisse trouver le repos.

Mais en rentrant chez eux le soir, les nains trouvèrent Blancheneige couchée par terre, et pas un souffle
ne sortait plus de sa bouche, elle était morte. Ils la
relevèrent, cherchèrent s'ils ne trouvaient pas quelque
chose d'empoisonné, la délacèrent, lui peignèrent les
cheveux, la lavèrent avec de l'eau et du vin, mais tout
cela fut inutile : la chère enfant était morte et le resta.
Ils la mirent sur une civière, s'assirent tous les sept
auprès d'elle, la pleurèrent, et pleurèrent trois jours
durant. Puis ils voulurent l'enterrer, mais elle était
encore aussi fraîche qu'une personne vivante, et elle
avait toujours ses belles joues rouges. Ils dirent :
« Nous ne pouvons pas mettre cela dans la terre
noire », et ils firent un cercueil de verre transparent,
afin qu'on pût la voir de tous les côtés, puis ils l'y
couchèrent et écrivirent dessus son nom en lettres d'or,
et qu'elle était fille de roi. Puis ils portèrent le cercueil
sur la montagne et l'un d'entre eux resta toujours
auprès pour le garder.

Und die Tiere kamen auch und beweinten Sneewittchen, erst eine Eule, dann eine Rabe, zuletzt ein
Täubchen.

Nun lag Sneewittchen lange, lange Zeit in dem Sarg
und verweste nicht, sondern sah aus, als wenn es
schliefe, denn es war noch so weiß als Schnee, so rot als
Blut und so schwarzhaarig wie Ebenholz. Es geschah
aber, daß ein Königssohn in den Wald geriet und zu
dem Zwergenhaus kam, da zu übernachten. Er sah auf
dem Berg den Sarg und das schöne Sneewittchen darin
und las, was mit goldenen Buchstaben darauf geschrieben war. Da sprach er zu den Zwergen : »Laßt mir den
Sarg, ich will euch geben, was ihr dafür haben wollt.«
Aber die Zwerge antworteten : »Wir geben ihn nicht
um alles Gold in der Welt.« Da sprach er : »So schenkt
mir ihn, denn ich kann nicht leben, ohne Sneewittchen
zu sehen, ich will es ehren und hochachten wie mein
Liebstes.« Wie er so sprach, empfanden die guten
Zwerglein Mitleiden mit ihm und gaben ihm den Sarg.
Der Königssohn ließ ihn nun von seinen Dienern auf
den Schultern forttragen. Da geschah es, daß sie über
einen Strauch stolperten, und von dem Schüttern fuhr
der giftige Apfelgrütz, den Sneewittchen abgebissen
hatte, aus dem Hals. Und nicht lange, so öffnete es die
Augen, hob den Deckel vom Sarg in die Höhe und
richtete sich auf und war wieder lebendig. »Ach Gott,
wo bin ich ?« rief es. Der Königssohn sagte voll
Freude : »Du bist bei mir«, und erzählte, was sich
zugetragen hatte, und sprach : »Ich habe dich lieber
als alles auf der Welt ; komm mit mir in meines Vaters
Schloß, du sollst meine Gemahlin werden.«

Et les animaux vinrent aussi pleurer Blancheneige, d'abord une chouette, puis un corbeau, enfin une petite colombe.

Et Blancheneige demeura longtemps, longtemps dans le cercueil, et elle ne se décomposait pas, elle avait l'air de dormir, car elle restait toujours blanche comme neige, rouge comme sang et noire de cheveux comme bois d'ébène. Or il advint qu'un fils de roi se trouva par hasard dans la forêt et alla à la maison des nains pour y passer la nuit. Sur la montagne, il vit le cercueil et la jolie Blancheneige couchée dedans, et il lut ce qui était écrit dessus en lettres d'or. Alors il dit aux nains : « Laissez-moi ce cercueil, je vous donnerai tout ce que vous voudrez en échange. » Mais les nains répondirent : « Nous ne vous le céderons pas pour tout l'or du monde. » Alors il leur dit : « En ce cas, faites-m'en cadeau, car je ne puis pas vivre sans voir Blancheneige, je le vénérerai et le tiendrai en estime comme mon bien le plus cher. » En l'entendant parler ainsi, les bons nains eurent pitié de lui et lui donnèrent le cercueil. Le prince ordonna à ses serviteurs de l'emporter sur leurs épaules. Il advint alors qu'ils trébuchèrent contre un buisson et que, par suite de la secousse, le trognon de pomme empoisonné dans lequel Blancheneige avait mordu lui sortit du gosier. Et bientôt elle ouvrit les yeux, souleva le couvercle de son cercueil et se dressa, ressuscitée. « Ah Dieu, où suis-je ? » s'écria-t-elle. Plein de joie, le prince lui dit : « Tu es auprès de moi », il lui raconta ce qui s'était passé et dit : « Je t'aime plus que tout au monde ; viens avec moi au château de mon père, tu seras ma femme. »

Da war ihm Sneewittchen gut und ging mit ihm, und ihre Hochzeit ward mit großer Pracht und Herrlichkeit angeordnet.

Zu dem Fest wurde aber auch Sneewittchens gottlose Stiefmutter eingeladen. Wie sie sich nun mit schönen Kleidern angetan hatte, trat sie vor den Spiegel und sprach:

> *Spieglein, Spieglein an der Wand,*
> *Wer ist die Schönste im ganzen Land?*

Der Spiegel antwortete:

> *Frau Königin, Ihr seid die Schönste hier;*
> *Aber die junge Königin ist tausendmal schöner als Ihr.*

Da stieß das böse Weib einen Fluch aus, und ward ihr so angst, so angst, daß sie sich nicht zu lassen wußte. Sie wollte zuerst gar nicht auf die Hochzeit kommen, doch ließ es ihr keine Ruhe, sie mußte fort und die junge Königin sehen. Und wie sie hineintrat, erkannte sie Sneewittchen, und vor Angst und Schrecken stand sie da und konnte sich nicht regen. Aber es waren schon eiserne Pantoffeln über Kohlenfeuer gestellt und wurden mit Zangen hereingetragen und vor sie hingestellt. Da mußte sie in die rotglühenden Schuhe treten und so lange tanzen, bis sie tot zur Erde fiel.

Hausmärchen

1   Lithographie de Ludwig Richter, 1870.

2 Jacob et Wilhelm Grimm photographiés en
1855.

3 Château de Wilhelmshöhe près de Kassel.
Jacob fut préposé à la bibliothèque du roi Jé-
rôme, frère de Napoléon, en 1808. Gravure anonyme.

4 Actuel musée de Kassel où les frères Grimm
furent bibliothécaires en 1814 et 1816. Lithographie d'après A. Wenderoth.

5   Page de titre et frontispice de l'édition originale des *Contes* d'après un dessin de Ludwig Emil Grimm, 1819.

6   Les frères Grimm ont rendu hommage à une vieille femme du village de Niederzwehrn. Ils reproduisirent, sous sa dictée, le texte des contes qu'elle transmettait elle-même, fidèle aux récits des anciens du village.

7   *Le fidèle Jean*, édition de 1911. « Il faut que la princesse voie cela, elle prend tant de plaisir aux objets d'or qu'elle vous achètera tout ! » Illustration de Dora Polster.

Der treue Johannes

D.Polster.

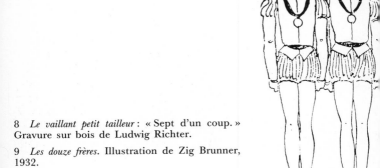

8 *Le vaillant petit tailleur* : « Sept d'un coup. »
Gravure sur bois de Ludwig Richter.

9 *Les douze frères.* Illustration de Zig Brunner,
1932.

Siebene auf einen Streich.

Kilian Meck, Maitre

8

V.P.Mohn.

10 *Cendrillon*. « Il prit Cendrillon sur son cheval et partit avec elle à travers la forêt... » Lithographie de V.P. Mohn, 1882.

11 *Cendrillon*. Lithographie d'après un dessin de Ludwig Emil Grimm, 1840. Musée Grimm, Kassel.

12 Le thème de Cendrillon apparaît dès le XVIᵉ siècle : « Cendrillon dans la cuisine. » Gravure sur bois, 1514.

11

Die Gänſemagd

13 *La gardeuse d'oies à la fontaine*, édition de 1911. « Quand sa tresse grise tomba, ses cheveux d'or jaillirent tels des rayons de soleil. » Illustration de Dora Polster.

14 *La gardeuse d'oies*. Illustration pour une édition belge, 1936.

15 *La gardeuse d'oies*. Lithographie d'après un dessin de Ludwig Emil Grimm, 1840. Musée Grimm, Kassel.

16

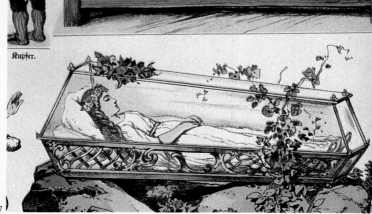

Kupfer.

17

16, 17 *Blanche-Neige*. Les sept nains portent Blanche-Neige dans son cercueil de verre. Illustrations, 1840 et 1870.

18 *Blanche-Neige et les sept nains*. Dessin animé de Walt Disney, 1937.

19 *La Belle au Bois Dormant*, 1882, l'ancêtre des bandes dessinées.

20 Une vision romantique de *La Belle au Bois Dormant* : « Im Zauberschloss », peinture par Arnold Herbert, 1877.

21 « A peine l'eut-il effleurée de son baiser que la Belle au Bois Dormant ouvrit les yeux. » Dessin de A. Liezen-Mayer, 1875.

22

22 *Peau d'âne*. Film de Jacques Demy avec Catherine Deneuve, 1970.

Alors Blancheneige l'aima et le suivit, et leur noce fut préparée en grande pompe et magnificence.

Mais on invita aussi à la fête la méchante marâtre de Blancheneige. Quand elle eut revêtu de beaux habits, elle alla devant son miroir et dit :

> *Petit miroir, petit miroir chéri,*
> *Quelle est la plus belle de tout le pays ?*

Le miroir répondit :

> *Madame la Reine, vous êtes la plus belle ici,*
> *Mais la jeune reine est mille fois plus jolie.*

Alors la méchante femme poussa un juron et elle fut effrayée, tellement effrayée qu'elle ne sut que faire. D'abord, elle ne voulut pas du tout aller à la noce. Mais la curiosité ne lui laissa pas de répit, il lui fallut partir et aller voir la jeune reine. Et en entrant, elle reconnut Blancheneige, et d'angoisse et d'effroi, elle resta clouée sur place et ne put bouger. Mais déjà on avait fait rougir des mules de fer sur des charbons ardents, on les apporta avec des tenailles et on les posa devant elle. Alors il lui fallut mettre ces souliers chauffés à blanc et danser jusqu'à ce que mort s'ensuive.

Dornröschen

Vor Zeiten war ein König und eine Königin, die sprachen jeden Tag : »Ach, wenn wir doch ein Kind hätten!« und kriegten immer keins. Da trug sich zu, als die Königin einmal im Bade saß, daß ein Frosch aus dem Wasser ans Land kroch und zu ihr sprach : »Dein Wunsch wird erfüllt werden; ehe ein Jahr vergeht, wirst du eine Tochter zur Welt bringen.« Was der Frosch gesagt hatte, das geschah, und die Königin gebar ein Mädchen, das war so schön, daß der König vor Freude sich nicht zu lassen wußte und ein großes Fest anstellte. Er lud nicht bloß seine Verwandten, Freunde und Bekannten, sondern auch die weisen Frauen dazu ein, damit sie dem Kind hold und gewogen wären. Es waren ihrer dreizehn in seinem Reiche; weil er aber nur zwölf goldene Teller hatte, von welchen sie essen sollten, so mußte eine von ihnen daheim bleiben. Das Fest ward mit aller Pracht gefeiert, und als es zu Ende war, beschenkten die weisen Frauen das Kind mit ihren Wundergaben :

La Belle au Bois Dormant

Il y avait autrefois un roi et une reine qui disaient chaque jour : « Ah, que ne pouvons-nous avoir un enfant ! » et jamais il ne leur en venait. Or, un jour que la reine était au bain, une grenouille sortit de l'eau, vint à terre et lui dit : « Ton souhait va être exaucé, avant qu'un an ne soit écoulé tu mettras une fille au monde. » Ce que la grenouille avait dit s'accomplit et la reine eut une fille si jolie que le roi ne put se tenir de joie et donna une grande fête. Il n'y invita pas seulement ses parents, amis et connaissances, mais aussi les sages-femmes [1], afin qu'elles fussent propices et favorables à son enfant. Il y en avait treize dans tout le royaume, mais comme il ne possédait que douze assiettes d'or dans lesquelles les faire manger, il y en eut une qui dut rester chez elle. La fête fut célébrée en grande pompe et quand elle fut finie, les sages-femmes firent à l'enfant leurs dons merveilleux :

---

1. Sur l'emploi de cette expression, voir préface p. 12.

die eine mit Tugend, die andere mit Schönheit, die
dritte mit Reichtum, und so mit allem, was auf der
Welt zu wünschen ist. Als elfe ihre Sprüche eben getan
hatten, trat plötzlich die dreizehnte herein. Sie wollte
sich dafür rächen, daß sie nicht eingeladen war, und
ohne jemand zu grüßen oder nur anzusehen, rief sie
mit lauter Stimme : »Die Königstochter soll sich in
ihrem fünfzehnten Jahr an einer Spindel stechen und
tot hinfallen.« Und ohne ein Wort weiter zu sprechen,
kehrte sie sich um und verließ den Saal. Alle waren
erschrocken, da trat die zwölfte hervor, die ihren
Wunsch noch übrig hatte, und weil sie den bösen
Spruch nicht aufheben, sondern nur ihn mildern
konnte, so sagte sie : »Es soll aber kein Tod sein,
sondern ein hundertjähriger tiefer Schlaf, in welchen
die Königstochter fällt.«

Der König, der sein liebes Kind vor dem Unglück
gern bewahren wollte, ließ den Befehl ausgehen, daß
alle Spindeln im ganzen Königreiche sollten verbrannt
werden. An dem Mädchen aber wurden die Gaben der
weisen Frauen sämtlich erfüllt, denn es war so schön,
sittsam, freundlich und verständig, daß es jedermann,
der es ansah, liebhaben mußte. Es geschah, daß an
dem Tage, wo es gerade fünfzehn Jahre alt ward, der
König und die Königin nicht zu Haus waren und das
Mädchen ganz allein im Schloß zurückblieb. Da ging
es allerorten herum, besah Stuben und Kammern, wie
es Lust hatte, und kam endlich auch an einen alten
Turm. Es stieg die enge Wendeltreppe hinauf und
gelangte zu einer kleinen Türe.

l'une lui donna la vertu, l'autre la beauté, et la troisième la richesse et il en fut ainsi de tout ce que l'on peut désirer en ce monde. Onze d'entre elles venaient de prononcer leurs formules magiques quand la treizième entra soudain. Elle voulait se venger de n'être pas invitée, et sans un salut ou même un regard pour personne, elle s'écria à haute voix : « Dans sa quinzième année, la princesse se piquera avec un fuseau et tombera morte. » Puis sans dire un mot de plus, elle fit demi-tour et quitta la salle. Tous étaient effrayés, alors la douzième, qui avait encore un vœu à faire, s'avança, et comme elle ne pouvait pas annuler le mauvais sort, mais seulement l'adoucir, elle dit : « Ce n'est pas dans la mort que la princesse tombera, mais un profond sommeil de cent ans. »

Le roi, qui aurait bien voulu préserver son enfant chérie du malheur, fit publier l'ordre de brûler les fuseaux de tout le royaume. Cependant, les dons des sages-femmes s'accomplissaient, car la fillette était si belle, modeste, aimable et intelligente que tous ceux qui la voyaient ne pouvaient s'empêcher de l'aimer. Or, il advint, juste le jour de ses quinze ans, que le roi et la reine s'absentèrent et que la jeune fille resta seule au château. Alors elle se promena partout, visita salles et chambres à son gré, et finit par arriver ainsi devant un vieux donjon. Elle gravit l'étroit escalier en colimaçon et se trouva devant une petite porte.

In dem Schloß steckte ein verrosteter Schlüssel, und als es umdrehte, sprang die Türe auf, und saß da in einem kleinen Stübchen eine alte Frau mit einer Spindel und spann emsig ihren Flachs. »Guten Tag, du altes Mütterchen«, sprach die Königstochter, »was machst du da?« – »Ich spinne«, sagte die Alte und nickte mit dem Kopf. »Was ist das für ein Ding, das so lustig herumspringt?« sprach das Mädchen, nahm die Spindel und wollte auch spinnen. Kaum hatte sie aber die Spindel angerührt, so ging der Zauberspruch in Erfüllung, und sie stach sich damit in den Finger.

In dem Augenblick aber, wo sie den Stich empfand, fiel sie auf das Bett nieder, das da stand, und lag in einem tiefen Schlaf. Und dieser Schlaf verbreitete sich über das ganze Schloß – der König und die Königin, die eben heimgekommen und in den Saal getreten waren, fingen an einzuschlafen und der ganze Hofstaat mit ihnen. Da schliefen auch die Pferde im Stall, die Hunde im Hofe, die Tauben auf dem Dache, die Fliegen an der Wand, ja, das Feuer, das auf dem Herde flackerte, ward still und schlief ein, und der Braten hörte auf zu brutzeln, und der Koch, der den Küchenjungen, weil er etwas versehen hatte, in den Haaren ziehen wollte, ließ ihn los und schlief. Und der Wind legte sich, und auf den Bäumen vor dem Schloß regte sich kein Blättchen mehr.

Rings um das Schloß aber begann eine Dornenhecke zu wachsen, die jedes Jahr höher ward und endlich das ganze Schloß umzog und darüber hinauswuchs, daß gar nichts mehr davon zu sehen war, selbst nicht die Fahne auf dem Dach.

Il y avait une clé rouillée dans la serrure, et comme elle tournait, la porte s'ouvrit, et voici que dans un petit galetas, une vieille femme était assise, qui filait activement son lin avec son fuseau. « Bonjour, petite mère, dit la fille du roi, que fais-tu là ? — Je file, dit la vieille en hochant la tête. — Qu'est-ce donc que cette chose qui sautille si joyeusement ? » dit la jeune fille. Elle prit le fuseau et voulut filer à son tour. Mais à peine y eut-elle touché que la sentence magique s'accomplit et qu'elle se piqua le doigt.

Or, à l'instant où elle sentit la piqûre, elle tomba sur le lit qui se trouvait là, et resta plongée dans un profond sommeil. Et ce sommeil se propagea à tout le château. Le roi et la reine, qui revenaient justement et entraient dans la salle, commencèrent à s'endormir et toute leur suite avec eux. Alors les chevaux s'endormirent aussi dans l'écurie, les chiens dans la cour, les pigeons sur le toit, les mouches sur le mur, le feu lui-même, qui flambait dans l'âtre, se tut et s'endormit, le rôti cessa de rissoler et le cuisinier, qui s'apprêtait à tirer le marmiton par les cheveux parce qu'il avait commis une bévue, le lâcha et dormit. Et le vent tomba, et sur les arbres, devant le château, pas une petite feuille ne continua à bouger.

Or, tout autour du château une haie d'épines commença à pousser, qui grandit d'année en année et finalement entoura tout le château et s'éleva même plus haut que lui, si bien qu'on ne pouvait plus rien en voir, pas même la girouette sur le toit.

Es ging aber die Sage in dem Land von dem schönen
schlafenden Dornröschen, denn so ward die Königstochter genannt, also daß von Zeit zu Zeit Königssöhne kamen und durch die Hecke in das Schloß
dringen wollten. Es war ihnen aber nicht möglich,
denn die Dornen, als hätten sie Hände, hielten fest
zusammen, und die Jünglinge blieben darin hängen,
konnten sich nicht wieder losmachen und starben eines
jämmerlichen Todes. Nach langen, langen Jahren kam
wieder einmal ein Königssohn in das Land und hörte,
wie ein alter Mann von der Dornhecke erzählte, es
sollte ein Schloß dahinter stehen, in welchem eine
wunderschöne Königstochter, Dornröschen genannt,
schon seit hundert Jahren schliefe, und mit ihr schliefe
der König und die Königin und der ganze Hofstaat. Er
wußte auch von seinem Großvater, daß schon viele
Königssöhne gekommen wären und versucht hätten,
durch die Dornenhecke zu dringen, aber sie wären
darin hängengeblieben und eines traurigen Todes
gestorben. Da sprach der Jüngling : »Ich fürchte mich
nicht, ich will hinaus und das schöne Dornröschen
sehen.« Der gute Alte mochte ihm abraten, wie er
wollte, er hörte nicht auf seine Worte.

Nun waren aber gerade die hundert Jahre verflos-
sen, und der Tag war gekommen, wo Dornröschen
wieder erwachen sollte. Als der Königssohn sich der
Dornenhecke näherte, waren es lauter große, schöne
Blumen, die taten sich von selbst auseinander und
ließen ihn unbeschädigt hindurch, und hinter ihm
taten sie sich wieder als eine Hecke zusammen.

Cependant, la légende de la Belle au Bois Dormant se répandait dans le pays, car c'est ainsi qu'on appelait la princesse, si bien que de temps en temps il venait des fils de roi qui tentaient de pénétrer dans le château à travers la haie. Mais ils ne le pouvaient pas, car les épines se tenaient aussi solidement que si elles avaient eu des mains, et les jeunes gens y restaient pris sans pouvoir se dégager et périssaient d'une mort lamentable. Au bout de longues, longues années, un prince passa de nouveau par le pays et il entendit un vieillard raconter que derrière la haie d'épines, il y avait un château où une princesse d'une beauté merveilleuse, nommée la Belle au Bois Dormant, dormait depuis déjà cent ans, et qu'avec elle dormaient le roi, la reine et toute la cour. Il tenait aussi de son grand-père que beaucoup de fils de rois étaient déjà venus pour essayer de passer à travers la haie, mais qu'ils y étaient restés accrochés et avaient péri d'une triste mort. Alors le jeune homme dit : « Je n'ai pas peur, je veux y aller et voir la Belle au Bois Dormant. » Le bon vieux eut beau le lui déconseiller, il ne voulut rien entendre.

Or, les cent ans étaient justement écoulés et le jour était venu où la Belle devait se réveiller. Et quand le prince s'approcha de la haie d'épines, il ne trouva rien que de belles et grandes fleurs qui s'ouvrirent d'elles-mêmes, le laissèrent passer sans dommage et se refermèrent en formant une haie derrière lui.

Im Schloßhof sah er die Pferde und scheckigen Jagdhunde liegen und schlafen, auf dem Dache saßen die Tauben und hatten das Köpfchen unter die Flügel gesteckt. Und als er ins Haus kam, schliefen die Fliegen an der Wand, der Koch in der Küche hielt noch die Hand, als wollte er den Jungen anpacken, und die Magd saß vor dem schwarzen Huhn, das sollte gerupft werden. Da ging er weiter und sah im Saale den ganzen Hofstaat liegen und schlafen, und oben bei dem Throne lag der König und die Königin. Da ging er noch weiter, und alles war so still, daß einer seinen Atem hören konnte, und endlich kam er zu dem Turm und öffnete die Türe zu der kleinen Stube, in welcher Dornröschen schlief. Da lag es und war so schön, daß er die Augen nicht abwenden konnte, und er bückte sich und gab ihm einen Kuß. Wie er es mit dem Kuß berührt hatte, schlug Dornröschen die Augen auf, erwachte und blickte ihn ganz freundlich an. Da gingen sie zusammen herab, und der König erwachte und die Königin und der ganze Hofstaat und sahen einander mit großen Augen an. Und die Pferde im Hof standen auf und rüttelten sich, die Jagdhunde sprangen und wedelten, die Tauben auf dem Dache zogen das Köpfchen unterm Flügel hervor, sahen umher und flogen ins Feld, die Fliegen an den Wänden krochen weiter, das Feuer in der Küche erhob sich, flackerte und kochte das Essen, der Braten fing an zu brutzeln, und der Koch gab dem Jungen eine Ohrfeige, daß er schrie, und die Magd rupfte das Huhn fertig. Und da wurde die Hochzeit des Königssohns mit dem Dornröschen in aller Pracht gefeiert, und sie lebten vergnügt bis an ihr Ende.

Dans la cour du château, les chevaux et les chiens de chasse tachetés étaient couchés et dormaient, les pigeons perchés sur le toit avaient caché leur petite tête sous leur aile. Et quand il entra dans la maison, les mouches dormaient sur les murs, dans la cuisine le maître queux faisait toujours le geste d'empoigner le marmiton, et la servante était encore assise devant la poule noire qu'elle s'apprêtait à plumer, et dans la grande salle, il vit toute la cour couchée et dormant, et en haut, le roi et la reine étendus près du trône. Alors il alla encore plus loin et tout était tellement silencieux qu'on pouvait s'entendre respirer, et enfin il arriva au donjon et ouvrit la porte du petit galetas où la Belle était endormie. Elle était là, si jolie qu'il ne pouvait détacher d'elle ses regards, et se baissant il lui donna un baiser. A peine l'eut-il effleurée de son baiser que la Belle au Bois Dormant ouvrit les yeux, se réveilla et le regarda d'un air tout à fait affable. Alors ils descendirent ensemble et le roi se réveilla, ainsi que la reine et toute la cour, et ils se regardèrent en ouvrant de grands yeux. Et dans la cour les chevaux se levèrent et se secouèrent, les chiens de chasse sautèrent et remuèrent la queue, les pigeons du toit sortirent leur tête de dessous leur aile, regardèrent autour d'eux et prirent leur vol vers les champs. Les mouches continuèrent à marcher sur les murs, le feu dans la cuisine reprit, flamba et fit cuire le repas. Le rôti se remit à rissoler et le cuisinier donna au marmiton une gifle qui le fit crier, et la servante finit de plumer le poulet. Alors les noces du prince avec la Belle furent célébrées en grande pompe et ils vécurent heureux jusqu'à la fin de leurs jours.

Allerleirauh

Es war einmal ein König, der hatte eine Frau mit goldenen Haaren, und sie war so schön, daß sich ihresgleichen nicht mehr auf Erden fand. Es geschah, daß sie krank lag, und als sie fühlte, daß sie bald sterben würde, rief sie den König und sprach : »Wenn du nach meinem Tode dich wieder vermählen willst, so nimm keine, die nicht ebenso schön ist, als ich bin, und die nicht solche goldene Haare hat, wie ich habe ; das mußt du mir versprechen.« Nachdem es ihr der König versprochen hatte, tat sie die Augen zu und starb.

Der König war lange Zeit nicht zu trösten und dachte nicht daran, eine zweite Frau zu nehmen. Endlich sprachen seine Räte : »Es geht nicht anders, der König muß sich wieder vermählen, damit wir eine Königin haben.« Nun wurden Boten weit und breit umhergeschickt, eine Braut zu suchen, die an Schönheit der verstorbenen Königin ganz gleichkäme. Es war aber keine in der ganzen Welt zu finden, und wenn man sie auch gefunden hätte, so war doch keine da, die solche goldene Haare gehabt hätte.

Peau-de-Mille-Bêtes

Il était une fois un roi qui avait une femme aux cheveux d'or, et elle était si belle qu'on n'aurait pas trouvé sa pareille sur terre. Il advint qu'elle tomba malade, et quand elle se sentit près de mourir, elle appela le roi et lui dit : « Si tu veux te remarier après ma mort, ne prends pas une femme qui ne serait pas aussi belle que moi et n'aurait pas mes cheveux d'or ; il faut me le promettre. » Quand le roi le lui eut promis, elle ferma les yeux et mourut.

Le roi fut longtemps inconsolable et ne songeait pas à prendre une seconde femme. Enfin ses conseillers se dirent : « Impossible de faire autrement, il faut que le roi se remarie, afin que nous ayons une reine. » Alors on envoya des messagers à la ronde chercher une fiancée qui égalât tout à fait en beauté la défunte reine. Mais on n'en put trouver dans le monde entier, et quand on l'aurait trouvée, il n'en existait pas qui eût de pareils cheveux d'or.

Also kamen die Boten unverrichtetersache wieder
heim.

Nun hatte der König eine Tochter, die war geradeso
schön wie ihre verstorbene Mutter und hatte auch
solche goldene Haare. Als sie herangewachsen war, sah
sie der König einmal an und sah, daß sie in allem
seiner verstorbenen Gemahlin ähnlich war, und fühlte
plötzlich eine heftige Liebe zu ihr. Da sprach er zu
seinen Räten : »Ich will meine Tochter heiraten, denn
sie ist das Ebenbild meiner verstorbenen Frau, und
sonst kann ich doch keine Braut finden, die ihr
gleicht.« Als die Räte das hörten, erschraken sie und
sprachen : »Gott hat verboten, daß der Vater seine
Tochter heirate, aus der Sünde kann nichts Gutes
entspringen, und das Reich wird mit ins Verderben
gezogen.« Die Tochter erschrak noch mehr, als sie den
Entschluß ihres Vaters vernahm, hoffte aber, ihn von
seinem Vorhaben noch abzubringen. Da sagte sie zu
ihm : »Eh ich Euren Wunsch erfülle, muß ich erst drei
Kleider haben, eins so golden wie die Sonne, eins so
silbern wie der Mond, und eins so glänzend wie die
Sterne ; ferner verlange ich einen Mantel von tausenderlei Pelz und Rauhwerk zusammengesetzt, und ein
jedes Tier in Eurem Reich muß ein Stück von seiner
Haut dazu geben.« Sie dachte aber : Das anzuschaffen
ist ganz unmöglich, und ich bringe damit meinen
Vater von seinen bösen Gedanken ab. Der König ließ
aber nicht ab, und die geschicktesten Jungfrauen in
seinem Reiche mußten die drei Kleider weben, eins so
golden wie die Sonne, eins so silbern wie der Mond,
und eins so glänzend wie die Sterne ;

Les messagers rentrèrent donc chez eux sans avoir rien fait.

Or le roi avait une fille qui était aussi belle que sa défunte mère et qui avait ses cheveux d'or. Quand elle fut grande, le roi un jour la regarda et vit qu'elle était en tous points semblable à sa défunte épouse, et soudain il éprouva pour elle un violent amour. Alors il dit à ses conseillers : « Je veux épouser ma fille, car elle est tout le portrait de ma défunte femme, et ainsi j'aurai trouvé une fiancée qui lui ressemble. » En entendant cela, les conseillers prirent peur et dirent : « Dieu a interdit que le père épouse sa fille, il ne peut rien sortir de bon de ce péché et tout le royaume sera entraîné à sa perte. » La fille fut encore plus effrayée en apprenant la décision de son père, mais elle espérait encore le détourner de son dessein. Alors elle lui dit : « Avant que j'accède à votre désir, il me faut avoir trois robes, une dorée comme le soleil, une argentée comme la lune, et une brillante comme les étoiles : en outre j'exige un manteau fait de mille peaux et de mille fourrures, pour lequel chaque animal de votre royaume devra donner un morceau de sa peau. » Or elle pensait : « Se procurer cela est tout à fait impossible, et ainsi, je détourne mon père de ses mauvaises pensées. » Mais le roi n'abandonna pas la partie, et les plus habiles jeunes filles de son royaume durent tisser les trois robes, une dorée comme le soleil, une argentée comme la lune, une brillante comme les étoiles ;

und seine Jäger mußten alle Tiere im ganzen Reich auffangen und ihnen ein Stück von ihrer Haut abziehen; daraus ward ein Mantel von tausenderlei Rauhwerk gemacht. Endlich, als alles fertig war, ließ der König den Mantel herbeiholen, breitete ihn vor ihr aus und sprach : »Morgen soll die Hochzeit sein.«

Als nun die Königstochter sah, daß keine Hoffnung mehr war, ihres Vaters Herz umzuwenden, so faßte sie den Entschluß zu entfliehen. In der Nacht, während alles schlief, stand sie auf und nahm von ihren Kostbarkeiten dreierlei, einen goldenen Ring, ein goldenes Spinnrädchen und ein goldenes Haspelchen; die drei Kleider von Sonne, Mond und Sternen tat sie in eine Nußschale, zog den Mantel von allerlei Rauhwerk an und machte sich Gesicht und Hände mit Ruß schwarz. Dann befahl sie sich Gott und ging fort und ging die ganze Nacht, bis sie in einen großen Wald kam. Und weil sie müde war, setzte sie sich in einen hohlen Baum und schlief ein.

Die Sonne ging auf, und sie schlief fort und schlief noch immer, als es schon hoher Tag war. Da trug es sich zu, daß der König, dem dieser Wald gehörte, darin jagte. Als seine Hunde zu dem Baum kamen, schnupperten sie, liefen ringsherum und bellten. Sprach der König zu den Jägern : »Seht doch, was dort für ein Wild sich versteckt hat.« Die Jäger folgten dem Befehl, und als sie wiederkamen, sprachen sie : »In dem hohlen Baum liegt ein wunderliches Tier, wie wir noch niemals eins gesehen haben – an seiner Haut ist tausenderlei Pelz; es liegt aber und schläft.« Sprach der König : »Seht zu, ob ihr's lebendig fangen könnt, dann bindet's auf den Wagen und nehmt's mit.«

et ses chasseurs durent s'emparer de toutes les bêtes du royaume pour leur enlever un morceau de peau ; on en fit un manteau composé de mille fourrures. Enfin, quand tout fut fini, le roi envoya chercher le manteau, l'étendit devant elle et dit : « Demain sera le jour des noces. »

Quand la princesse vit qu'il n'y avait plus d'espoir de changer le cœur de son père, elle résolut de fuir. La nuit, tandis que tout dormait, elle prit dans son trésor trois choses précieuses, un anneau d'or, un petit rouet d'or et un petit dévidoir d'or ; elle mit dans une coquille de noix les trois robes de soleil, de lune et d'étoiles, revêtit le manteau de mille fourrures et se noircit le visage et les mains avec de la suie. Puis elle se recommanda à Dieu et se mit en route et marcha toute la nuit, jusqu'à ce qu'elle arrivât à une grande forêt. Et comme elle était fatiguée, elle se jucha dans le creux d'un arbre et s'endormit.

Le soleil se leva et elle dormait encore, et elle dormait encore qu'il faisait déjà grand jour. Il advint que le roi à qui appartenait cette forêt était à la chasse. Quand ses chiens s'approchèrent de l'arbre, ils le flairèrent et se mirent à courir de tous côtés en aboyant. Le roi dit aux chasseurs : « Allez donc voir quel est le gibier qui s'est caché là. » Les chasseurs obéirent et quand ils revinrent, ils dirent : « Il y a dans le creux de l'arbre un étrange animal : sa peau est faite de mille pelages, mais il est couché et dort. » Le roi dit : « Voyez à le prendre vivant, puis attachez-le sur la voiture et emmenez-le. »

Als die Jäger das Mädchen anfaßten, erwachte es voll
Schrecken und rief ihnen zu : »Ich bin ein armes
Kind, von Vater und Mutter verlassen, erbarmt euch
mein und nehmt mich mit.« Da sprachen sie : »Allerleirauh, du bist gut für die Küche, komm nur mit, da
kannst du die Asche zusammenkehren.« Also setzten
sie es auf den Wagen und fuhren heim in das
königliche Schloß. Dort wiesen sie ihm ein Ställchen
an unter der Treppe, wo kein Tageslicht hinkam, und
sagten : »Rauhtierchen, da kannst du wohnen und
schlafen.« Dann ward es in die Küche geschickt, da
trug es Holz und Wasser, schürte das Feuer, rupfte das
Federvieh, belas das Gemüse, kehrte die Asche und tat
alle schlechte Arbeit.

Da lebte Allerleirauh lange Zeit recht armselig. Ach,
du schöne Königstochter, wie soll's mit dir noch
werden ! Es geschah aber einmal, daß ein Fest im
Schloß gefeiert ward, da sprach sie zum Koch : »Darf
ich ein wenig hinaufgehen und zusehen ? Ich will mich
außen vor die Türe stellen.« Antwortete der Koch :
»Ja, geh nur hin, aber in einer halben Stunde mußt du
wieder hier sein und die Asche zusammentragen.« Da
nahm sie ihr Öllämpchen, ging in ihr Ställchen, zog
den Pelzrock aus und wusch sich den Ruß von dem
Gesicht und den Händen ab, so daß ihre volle Schönheit wieder an den Tag kam. Dann machte sie die Nuß
auf und holte ihr Kleid hervor, das wie die Sonne
glänzte. Und wie das geschehen war, ging sie hinauf
zum Fest, und alle traten ihr aus dem Weg, denn
niemand kannte sie, und meinten nicht anders, als daß
es eine Königstochter wäre.

Quand les chasseurs voulurent se saisir de la jeune fille, elle se réveilla pleine de frayeur et s'écria : « Je suis une pauvre fille, abandonnée de son père et de sa mère, ayez pitié et emmenez-moi. » Alors il dirent : « Peau-de-Mille-Bêtes, tu feras l'affaire à la cuisine, viens donc, tu pourras balayer les cendres. » Alors ils la mirent sur la voiture et la conduisirent au château royal. Là, ils lui montrèrent un réduit sous l'escalier où la lumière du jour ne pénétrait pas et ils lui dirent : « Petite Peau-de-Mille-Bêtes, tu pourras loger là et y dormir. » Ensuite on l'envoya à la cuisine, où elle porta le bois et l'eau, tisonna le feu, pluma la volaille, éplucha les légumes, tria les cendres et fit tout le dur travail.

Peau-de-Mille-Bêtes vécut là longtemps dans une bien grande misère. Ah, belle princesse, qu'adviendra-t-il encore de toi ? Cependant, il arriva un jour qu'on donna une grande fête au château, et elle dit au cuisinier : « Puis-je monter un peu regarder ? Je me mettrai dehors devant la porte. » Le cuisinier répondit : « Oui, vas-y donc, mais sois rentrée dans une demi-heure pour vider les cendres. » Alors elle prit sa petite lampe à huile, alla dans son réduit, ôta sa pelisse et lava la suie de son visage et ses mains, de sorte que sa beauté parut de nouveau dans tout son éclat. Puis elle ouvrit la noix et prit la robe qui brillait comme le soleil. Et quand ce fut fait, elle monta à la fête, et tout le monde s'écarta sur son passage, car personne ne la connaissait et on ne doutait pas que ce fût une princesse.

Der König aber kam ihr entgegen, reichte ihr die Hand und tanzte mit ihr und dachte in seinem Herzen : So schön haben meine Augen noch keine gesehen. Als der Tanz zu Ende war, verneigte sie sich, und wie sich der König umsah, war sie verschwunden, und niemand wußte wohin. Die Wächter, die vor dem Schlosse standen, wurden gerufen und ausgefragt, aber niemand hatte sie erblickt.

Sie war aber in ihr Ställchen gelaufen, hatte geschwind ihr Kleid ausgezogen, Gesicht und Hände schwarz gemacht und den Pelzmantel umgetan und war wieder Allerleirauh. Als sie nun in die Küche kam und an ihre Arbeit gehen und die Asche zusammen-kehren wollte, sprach der Koch : »Laß das gut sein bis morgen und koche mir da die Suppe für den König, ich will auch einmal ein bißchen oben zugucken – aber laß mir kein Haar hineinfallen, sonst kriegst du in Zukunft nichts mehr zu essen.« Da ging der Koch fort, und Allerleirauh kochte die Suppe für den König und kochte eine Brotsuppe, so gut es konnte, und wie sie fertig war, holte es in dem Ställchen seinen goldenen Ring und legte ihn in die Schüssel, in welche die Suppe angerichtet ward. Als der Tanz zu Ende war, ließ sich der König die Suppe bringen und aß sie, und sie schmeckte ihm so gut, daß er meinte, niemals eine bessere Suppe gegessen zu haben. Wie er aber auf den Grund kam, sah er da einen goldenen Ring liegen und konnte nicht begreifen, wie er dahin geraten war. Da befahl er, der Koch sollte vor ihn kommen. Der Koch erschrak, wie er den Befehl hörte, und sprach zu Allerleirauh : »Gewiß hast du ein Haar in die Suppe fallen lassen ;

Or le roi vint à sa rencontre, lui tendit la main et tout
en dansant avec elle, il pensa en son cœur : « Mes yeux
n'ont jamais vu de plus belle femme. » Quand la danse
fut finie, elle fit une révérence, et le roi ayant tourné la
tête, elle disparut et personne ne sut où elle s'en était
allée. On appela les gardes qui étaient devant le
château et on les interrogea, mais personne ne l'avait
aperçue.

Quant à elle, courant à son réduit, elle avait
vivement ôté sa robe, puis s'étant noirci le visage et les
mains, elle avait remis sa pelisse et était redevenue
Peau-de-Mille-Bêtes. Quand elle rentra dans la cuisine
pour faire son travail et balayer les cendres, le cuisinier
lui dit : « Laisse cela jusqu'à demain, et fais-moi la
soupe pour le roi, j'aimerais bien aller aussi jeter un
coup d'œil en haut : mais ne laisse pas tomber de
cheveux dans la soupe, sinon je te donnerai plus rien à
manger à l'avenir. » Puis il partit et Peau-de-Mille-
Bêtes prépara la soupe du roi et fit une panade aussi
bonne qu'elle le put, et quand elle eut fini, elle alla au
réduit chercher son anneau d'or et le posa dans le plat
où la soupe était versée. Quand la danse fut finie, le roi
se fit apporter la soupe et la mangea, et elle lui parut si
bonne qu'il crut n'en avoir jamais mangé de meilleure.
Mais comme il arrivait au fond, il vit là un anneau d'or
et ne put comprendre comment il était venu là. Alors il
ordonna de faire venir le cuisinier. En entendant
l'ordre, le cuisinier prit peur et dit à Peau-de-Mille-
Bêtes : « Sûrement tu as laissé tomber un cheveu dans
la soupe ;

wenn's wahr ist, so kriegst du Schläge.« Als er vor den König kam, fragte dieser, wer die Suppe gekocht hätte? Antwortete der Koch : »Ich habe sie gekocht.« Der König aber sprach : »Das ist nicht wahr, denn sie war auf andere Art und viel besser gekocht als sonst.« Antwortete er : »Ich muß es gestehen, daß ich sie nicht gekocht habe, sondern das Rauhtierchen.« Sprach der König : »Geh und laß es heraufkommen.«

Als Allerleirauh kam, fragte der König : »Wer bist du ?« – »Ich bin ein armes Kind, das keinen Vater und Mutter mehr hat.« Fragte er weiter : »Wozu bist du in meinem Schloß ?« Antwortete es : »Ich bin zu nichts gut, als daß mir die Stiefeln an den Kopf geworfen werden.« Fragte er weiter : »Wo hast du den Ring her, der in der Suppe war ?« Antwortete es : »Von dem Ring weiß ich nichts.« Also konnte der König nichts erfahren und mußte es wieder fortschicken.

Über eine Zeit war wieder ein Fest, da bat Allerleirauh den Koch wie vorigesmal um Erlaubnis, zusehen zu dürfen. Antwortete er : »Ja, aber komm in einer halben Stunde wieder und koch dem König die Brotsuppe, die er so gern ißt.« Da lief es in sein Ställchen, wusch sich geschwind und nahm aus der Nuß das Kleid, das so silbern war wie der Mond, und tat es an. Da ging sie hinauf und glich einer Königstochter, und der König trat ihr entgegen und freute sich, daß er sie wiedersah, und weil eben der Tanz anhub, so tanzten sie zusammen. Als aber der Tanz zu Ende war, verschwand sie wieder so schnell, daß der König nicht bemerken konnte, wo sie hinging.

si c'est vrai tu seras battue. » Quand il fut devant le roi, celui-ci lui demanda qui avait fait la soupe. Le cuisinier répondit : « C'est moi. » Mais le roi dit : « Ce n'est pas vrai, car elle était faite autrement, et bien mieux que d'habitude. » Il répondit : « J'avoue que ce n'est pas moi qui l'ai faite, mais la Petite-Peau-de-Mille-Bêtes. » Le roi dit : « Va la chercher. »

Quand Peau-de-Mille-Bêtes fut devant lui, le roi lui demanda : « Qui es-tu ? — Je suis une pauvre fille qui n'a plus ni père ni mère. » Il demanda : « Que fais-tu dans mon château ? » Elle répondit : « Je ne suis bonne à rien, qu'à recevoir les bottes qu'on me jette à la figure. » Il demanda encore : « D'où as-tu l'anneau qui était dans la soupe ? » Elle répondit : « Je ne sais rien de cet anneau. » Ainsi le roi ne put rien apprendre et dut la renvoyer.

Quelque temps après, il y eut de nouveau une fête, et Peau-de-Mille-Bêtes demanda comme auparavant au cuisinier la permission d'aller regarder. Il répondit : « Oui, mais reviens dans une demi-heure et prépare au roi la panade qu'il aime tant. » Alors elle courut à son réduit et sortit de la noix la robe qui était argentée comme la lune, puis elle la mit. Ensuite elle monta et elle avait l'air d'une princesse ; et le roi vint à sa rencontre et se réjouit de la revoir, et comme justement le bal s'ouvrait, ils dansèrent ensemble. Mais quand la danse fut finie, elle disparut de nouveau, si rapidement que le roi ne put pas voir où elle allait.

Sie sprang aber in ihr Ställchen und machte sich wieder zum Rauhtierchen und ging in die Küche, die Brotsuppe zu kochen. Als der Koch oben war, holte es das goldene Spinnrad und tat es in die Schüssel, so daß die Suppe darüber angerichtet wurde. Danach ward sie dem König gebracht, der aß sie, und sie schmeckte ihm so gut wie das vorige Mal, und ließ den Koch kommen, der mußte auch diesmal gestehen, daß Allerleirauh die Suppe gekocht hätte. Allerleirauh kam da wieder vor den König, aber sie antwortete, daß sie nur dazu da wäre, daß ihr die Stiefeln an den Kopf geworfen würden, und daß sie von dem goldenen Spinnrädchen gar nichts wüßte.

Als der König zum drittenmal ein Fest anstellte, da ging es nicht anders als die vorigen Male. Der Koch sprach zwar : »Du bist eine Hexe, Rauhtierchen, und tust immer was in die Suppe, davon sie so gut wird und dem König besser schmeckt, als was ich koche«; doch weil es so bat, so ließ er es auf eine bestimmte Zeit hingehen. Nun zog es ein Kleid an, das wie die Sterne glänzte, und trat damit in den Saal. Der König tanzte wieder mit der schönen Jungfrau und meinte, daß sie noch niemals so schön gewesen wäre. Und während er tanzte, steckte er ihr, ohne daß sie es merkte, einen goldenen Ring an den Finger und hatte befohlen, daß der Tanz recht lange währen sollte. Wie er zu Ende war, wollte er sie an den Händen festhalten, aber sie riß sich los und sprang so geschwind unter die Leute, daß sie vor seinen Augen verschwand. Sie lief, was sie konnte, in ihr Ställchen unter der Treppe ;

Quant à elle, elle courut à son réduit et, étant redevenue Peau-de-Mille-Bêtes, elle alla à la cuisine faire la soupe du roi. Quand le cuisinier fut monté, elle alla chercher le petit rouet d'or et le mit dans le plat où la soupe était servie. Puis on la porta au roi qui la mangea et la trouva aussi bonne que la première fois, et fit venir le cuisinier qui dut avouer cette fois encore que Peau-de-Mille-Bêtes avait fait la soupe. Alors Peau-de-Mille-Bêtes revint devant le roi, mais elle répondit qu'elle était juste bonne à recevoir les bottes qu'on lui jetait à la figure et qu'elle ignorait tout du petit rouet d'or.

Quand le roi donna une troisième fête, il n'en alla pas autrement que les autres fois. Pourtant le cuisinier lui dit : « Tu es une sorcière, Petite-Peau-de-Mille-Bêtes, il faut que tu mettes toujours quelque chose dans la soupe pour qu'elle soit si bonne et que le roi la trouve meilleure que la mienne », mais elle le supplia tellement qu'il la laissa monter pour un court moment. Alors elle mit sa robe qui scintillait comme les étoiles et entra dans la salle ainsi vêtue. Le roi dansa encore avec la belle jeune fille et pensa que jamais encore elle n'avait été aussi belle. Et tout en dansant, il lui mit un anneau d'or au doigt sans qu'elle s'en aperçut, et il avait ordonné que la danse durât très longtemps. A la fin, il voulut lui prendre les mains, mais elle se dégagea et s'échappa d'un bond si vif qu'elle se perdit parmi les gens et disparut à ses yeux. Elle courut aussi vite qu'elle put jusqu'à son réduit sous l'escalier ;

weil sie aber zu lange und über eine halbe Stunde
geblieben war, so konnte sie das schöne Kleid nicht
ausziehen, sondern warf nur den Mantel von Pelz
darüber, und in der Eile machte sie sich auch nicht
ganz rußig, sondern ein Finger blieb weiß. Allerleirauh lief nun in die Küche, kochte dem König die
Brotsuppe und legte, wie der Koch fort war, den
goldenen Haspel hinein. Der König, als er den Haspel
auf dem Grunde fand, ließ Allerleirauh rufen – da
erblickte er den weißen Finger und sah den Ring, den
er im Tanze ihr angesteckt hatte. Da ergriff er sie an
der Hand und hielt sie fest, und als sie sich losmachen
und fortspringen wollte, tat sich der Pelzmantel ein
wenig auf, und das Sternenkleid schimmerte hervor.
Der König faßte den Mantel und riß ihn ab. Da kamen
die goldenen Haare hervor, und sie stand da in voller
Pracht und konnte sich nicht länger verbergen. Und
als sie Ruß und Asche aus ihrem Gesicht gewischt
hatte, da war sie schöner, als man noch jemand auf
Erden gesehen hat. Der König aber sprach : »Du bist
meine liebe Braut, und wir scheiden nimmermehr
voneinander.« Darauf ward die Hochzeit gefeiert, und
sie lebten vergnügt bis an ihren Tod.

mais comme elle était restée trop longtemps et que la demi-heure était passée, elle ne put pas retirer sa belle robe, elle eut juste le temps de jeter sa pelisse de fourrure par-dessus, et dans sa hâte, elle ne se mit pas non plus de la suie partout, et un de ses doigts resta blanc. Puis Peau-de-Mille-Bêtes courut à la cuisine, prépara la soupe du roi et, dès que le cuisinier fut parti, y mit le dévidoir d'or. En trouvant le dévidoir au fond du plat, le roi fit appeler Peau-de-Mille-Bêtes, alors il aperçut son doigt blanc et vit l'anneau qu'il lui avait mis au bal. Il la saisit par la main et la retint, et comme elle voulait se dégager et s'enfuir, sa pelisse s'entrouvrit et la robe étoilée scintilla dessous. Le roi saisit la pelisse et l'arracha. Alors ses cheveux d'or furent découverts et elle apparut dans toute sa splendeur et ne put pas continuer à se cacher. Et quand elle eut nettoyé la suie et la cendre de son visage, elle était plus belle que personne ne le fut jamais sur terre. Cependant le roi lui dit : « Tu es ma chère fiancée et nous ne nous séparerons plus jamais. » Ensuite on célébra les noces et ils vécurent heureux jusqu'à la fin de leurs jours.

Die Rabe

Es war einmal eine Königin, die hatte ein Töchterchen, das war noch klein und mußte noch auf dem
Arm getragen werden. Zu einer Zeit war das Kind
unartig, und die Mutter mochte sagen, was sie wollte,
es hielt nicht Ruhe. Da ward sie ungeduldig, und weil
die Raben so um das Schloß herumflogen, öffnete sie
das Fenster und sagte: »Ich wollte, du wärst eine Rabe
und flögst fort, so hätt ich Ruhe.« Kaum hatte sie das
Wort gesagt, so war das Kind in eine Rabe verwandelt
und flog von ihrem Arm zum Fenster hinaus. Sie flog
aber in einen dunkeln Wald und blieb lange Zeit darin,
und die Eltern hörten nichts von ihr. Danach führte
einmal einen Mann sein Weg in diesen Wald, der hörte
die Rabe rufen und ging der Stimme nach; und als er
näher kam, sprach die Rabe: »Ich bin eine Königstochter von Geburt und bin verwünscht worden, du
aber kannst mich erlösen.« – »Was soll ich tun?« fragte
er. Sie sagte: »Geh weiter in den Wald, und du wirst
ein Haus finden, darin sitzt eine alte Frau, die wird dir
Essen und Trinken reichen, aber du darfst nichts
nehmen;

Le corbeau

Il était une fois une reine qui avait une fillette encore toute petite qu'elle devait porter dans ses bras. Un jour, l'enfant ne fut pas sage, elle ne tenait pas en place quoi que sa mère pût lui dire. Celle-ci s'impatienta, et, comme une volée de corbeaux traçaient des cercles autour du château, elle ouvrit la fenêtre et dit : « Je voudrais que tu sois un corbeau et que tu t'envoles, ainsi j'aurais la paix. » A peine eut-elle dit ces mots que l'enfant fut changée en corbeau et, quittant son bras, s'envola par la fenêtre. Elle s'en fut dans une sombre forêt et y resta longtemps, et ses parents n'eurent plus de ses nouvelles. Quelque temps après, un homme prit un chemin qui le conduisit dans cette forêt, il entendit le corbeau appeler et suivit la voix : et quand il se fut approché, le corbeau dit : « Je suis princesse de naissance et j'ai été enchantée, mais toi tu peux me délivrer. — Que dois-je faire ? » dit-il. Elle répondit : « Continue à marcher dans la forêt et tu trouveras une maison où se tient une vieille femme, elle t'offrira à boire et à manger, mais n'accepte rien ;

wenn du etwas issest oder trinkst, so verfällst du in einen Schlaf und kannst du mich nicht erlösen. Im Garten hinter dem Haus ist eine große Lohhucke, darauf sollst du stehen und mich erwarten. Drei Tage lang komm ich jeden Mittag um zwei Uhr zu dir in einem Wagen, der ist erst mit vier weißen Hengsten bespannt, dann mit vier roten und zuletzt mit vier schwarzen; wenn du aber nicht wach bist, sondern schläfst, so werde ich nicht erlöst.« Der Mann versprach alles zu tun, was sie verlangt hatte. Die Rabe aber sagte : »Ach, ich weiß es schon, du wirst mich nicht erlösen, du nimmst etwas von der Frau.« Da versprach der Mann noch einmal, er wollte gewiß nichts anrühren weder von dem Essen noch von dem Trinken. Wie er aber in das Haus kam, trat die alte Frau zu ihm und sagte : »Armer Mann, was seid Ihr abgemattet, kommt und erquickt Euch, esset und trinkt.« – »Nein«, sagte der Mann, »ich will nicht essen und nicht trinken.« Sie ließ ihm aber keine Ruhe und sprach : »Wenn Ihr dann nicht essen wollt, so tut einen Zug aus dem Glas, einmal ist keinmal.« Da ließ er sich überreden und trank. Nachmittags gegen zwei Uhr ging er hinaus in den Garten auf die Lohhucke und wollte auf die Rabe warten. Wie er da stand, ward er auf einmal so müde und konnte es nicht überwinden und legte sich ein wenig nieder – doch wollte er nicht einschlafen. Aber kaum hatte er sich hingestreckt, so fielen ihm die Augen von selber zu, und er schlief ein und schlief so fest, daß ihn nichts auf der Welt hätte erwecken können. Um zwei Uhr kam die Rabe mit vier weißen Hengsten gefahren, aber sie war schon in voller Trauer und sprach :

si tu mangeais ou buvais quelque chose, tu tomberais dans un profond sommeil et ne pourrais pas me délivrer. Dans le jardin, derrière la maison, il y a un grand tas d'écorces, monte dessus et attends-moi. Pendant trois jours, je viendrai te voir à deux heures dans un carrosse attelé d'abord de quatre étalons blancs, puis de quatre étalons bruns, enfin de quatre étalons noirs. Mais si tu dors au lieu d'être éveillé, je ne serai pas délivrée. » L'homme promit de faire tout ce qu'elle demandait. Mais le corbeau lui dit : « Hélas, je sais d'avance que tu ne me délivreras pas, tu accepteras quelque chose de la femme. » Alors l'homme promit encore une fois de ne toucher ni à la nourriture ni à la boisson. Mais quand il entra dans la maison, la vieille femme s'approcha de lui et lui dit : « Mon pauvre homme, comme vous êtes las, venez réparer vos forces, mangez et buvez. — Non, dit l'homme, je ne veux ni manger ni boire. » Mais elle ne le laissa pas en repos et dit : « Si vous ne voulez pas manger, buvez au moins une gorgée dans ce verre, une fois n'est pas coutume. » Alors il se laissa convaincre et but. Vers deux heures de l'après-midi, il alla dans le jardin sur le tas d'écorces et voulut attendre le corbeau. Mais tandis qu'il était là debout, il se sentit tout à coup si fatigué qu'il ne put pas se dominer et voulut s'allonger un peu, sans toutefois dormir. Mais à peine était-il étendu que ses yeux se fermèrent d'eux-mêmes et qu'il s'endormit, et il dormit d'un sommeil si profond que rien au monde n'eût pu le réveiller. A deux heures, le corbeau arriva en carrosse avec les quatre étalons blancs, mais la jeune fille était déjà toute triste et dit :

»Ich weiß, daß er schläft.« Und als sie in den Garten kam, lag er auch da auf der Lohhucke und schlief. Sie stieg aus dem Wagen, ging zu ihm und schüttelte ihn und rief ihn an, aber er erwachte nicht. Am andern Tag zur Mittagszeit kam die alte Frau wieder und brachte ihm Essen und Trinken, aber er wollte es nicht annehmen. Doch sie ließ ihm keine Ruhe und redete ihm so lange zu, bis er wieder einen Zug aus dem Glase tat. Gegen zwei Uhr ging er in den Garten auf die Lohhucke und wollte auf die Rabe warten; da empfand er auf einmal so große Müdigkeit, daß seine Glieder ihn nicht mehr hielten: er konnte sich nicht helfen, mußte sich legen und fiel in tiefen Schlaf. Als die Rabe daherfuhr mit vier braunen Hengsten, war sie schon in voller Trauer und sagte: »Ich weiß, daß er schläft.« Sie ging zu ihm hin, aber er lag da im Schlaf und war nicht zu erwecken. Am andern Tag sagte die alte Frau, was das wäre? Er äße und tränke nichts, ob er sterben wollte? Er antwortete: »Ich will und darf nicht essen und nicht trinken.« Sie stellte aber die Schüssel mit Essen und das Glas mit Wein vor ihm hin, und als der Geruch davon zu ihm aufstieg, so konnte er nicht widerstehen und tat einen starken Zug. Als die Zeit kam, ging er hinaus in den Garten auf die Lohhucke und wartete auf die Königstochter: da ward er noch müder als die Tage vorher, legte sich nieder und schlief so fest, als wäre er ein Stein. Um zwei Uhr kam die Rabe und hatte vier schwarze Hengste, und die Kutsche und alles war schwarz. Sie war aber schon in voller Trauer und sprach: »Ich weiß, daß er schläft und mich nicht erlösen kann.«

« Je sais qu'il dort. » Et quand elle entra dans le jardin, il dormait en effet sur le tas d'écorces. Elle descendit de voiture, alla à lui, le secoua, l'appela mais sans pouvoir le réveiller. Le lendemain à l'heure de midi, la vieille femme revint et lui apporta à manger et à boire, mais il ne voulut rien accepter. Elle ne lui laissa pas de repos et le pressa si bien qu'il finit par boire de nouveau une gorgée. Vers deux heures, il alla au jardin sur le tas d'écorces et voulut attendre le corbeau ; mais il ressentit soudain une si grande fatigue que ses membres cessèrent de le porter : rien à faire, il dut s'étendre et tomba dans un profond sommeil. Quand le corbeau s'en vint avec ses quatre étalons bruns, il était déjà tout triste et dit : « Je sais qu'il dort. » La jeune fille alla à lui, mais il dormait et rien ne put le réveiller. Le lendemain la vieille femme lui demanda ce qu'il avait. Il ne mangeait ni ne buvait rien, voulait-il donc mourir ? Il répondit : « Je ne veux et ne peux ni manger ni boire. » Cependant elle posa devant lui un plat avec de la nourriture et un verre de vin, et quand il en sentit le fumet, il ne put pas résister et but un bon coup. Le moment venu, il alla dans le jardin sur le tas d'écorces et attendit la princesse : mais voilà qu'il se sentit plus las encore que les autres jours, il se coucha et dormit comme une souche. Quant à elle, elle était déjà toute triste et dit : « Je sais qu'il dort et ne peut pas me délivrer. »

Als sie zu ihm kam, lag er da und schlief fest. Sie rüttelte ihn und rief ihn, aber sie konnte ihn nicht aufwecken. Da legte sie ein Brot neben ihn hin, dann ein Stück Fleisch, zum dritten eine Flasche Wein, und er konnte von allem soviel nehmen, als er wollte, es ward nicht weniger. Danach nahm sie einen goldenen Ring von ihrem Finger und steckte ihn an seinen Finger und war ihr Name eingegraben. Zuletzt legte sie einen Brief hin, darin stand, was sie ihm gegeben hatte, und daß es nie all würde, und es stand auch darin : »Ich sehe wohl, daß du mich hier nicht erlösen kannst, willst du mich aber noch erlösen, so komm nach dem goldenen Schloß von Stromberg, es steht in deiner Macht, das weiß ich gewiß.«

Und wie sie ihm das alles gegeben hatte, setzte sie sich in ihren Wagen und fuhr in das goldene Schloß von Stromberg.

Als der Mann aufwachte und sah, daß er geschlafen hatte, ward er von Herzen traurig und sprach : »Gewiß, nun ist sie vorbeigefahren, und ich habe sie nicht erlöst.« Da fielen ihm die Dinge in die Augen, die neben ihm lagen, und er las den Brief, darin geschrieben stand, wie es zugegangen war. Also machte er sich auf und ging fort und wollte nach dem goldenen Schloß von Stromberg, aber er wußte nicht, wo es lag. Nun war er schon lange in der Welt herumgegangen; da kam er in einen dunkeln Wald und ging vierzehn Tage darin fort und konnte sich nicht herausfinden. Da ward es wieder Abend, und er war so müde, daß er sich an einen Busch legte und einschlief.

Et quand elle alla près de lui, elle le trouva couché, dormant à poings fermés. Elle le secoua et l'appela, mais ne put pas le tirer de son sommeil. Enfin elle posa près de lui un pain, puis un morceau de viande, puis un flacon de vin, et ces provisions, on pouvait en prendre tant qu'on voulait sans qu'elles diminuent. Après quoi elle ôta de son doigt un anneau d'or qu'elle mit au sien et son nom était gravé dessus. A la fin elle mit près de lui une lettre dans laquelle elle lui expliquait ce qu'elle lui avait donné et que ses provisions ne s'épuiseraient jamais, puis elle disait encore : « Je vois bien que tu ne pourras jamais me délivrer ici, mais si tu le veux toujours, viens au château d'or de Stromberg, c'est en ton pouvoir, j'en suis sûre. »

Et quand elle lui eut donné tout cela, elle monta dans son carrosse et se fit conduire au château d'or de Stromberg.

A son réveil, l'homme vit qu'il avait dormi, il en fut profondément affligé et se dit : « Certainement, à présent elle est passée, et je ne l'ai pas délivrée. » Alors son regard se posa sur les choses qui étaient à côté de lui, et il lut la lettre où elle lui disait la façon dont c'était arrivé. Il se mit donc en route pour aller au château d'or de Stromberg, mais il ne savait pas où il était. Or il y avait déjà longtemps qu'il courait le monde quand il arriva dans une sombre forêt, où il marcha pendant quinze jours sans parvenir à en sortir. De nouveau le soir tomba et il était si fatigué qu'il se coucha à l'abri d'un buisson et s'endormit.

Am andern Tage ging er weiter, und abends, als er sich wieder an einen Busch legen wollte, hörte er ein Heulen und Jammern, daß er nicht einschlafen konnte. Und wie die Zeit kam, wo die Leute Lichter anstecken, sah er eins schimmern, machte sich auf und ging ihm nach : da kam er vor ein Haus, das schien so klein, denn es stand ein großer Riese davor. Da dachte er bei sich : Gehst du hinein und der Riese erblickt dich, so ist es leicht um dein Leben geschehen. Endlich wagte er es und trat heran. Als der Riese ihn sah, sprach er : »Es ist gut, daß du kommst, ich habe lange nichts gegessen : ich will dich gleich zum Abendbrot verschlucken.« – »Laß das lieber sein«, sprach der Mann, »ich lasse mich nicht gerne verschlucken ; verlangst du zu essen, so habe ich genug, um dich satt zu machen.« – »Wenn das wahr ist«, sagte der Riese, »so kannst du ruhig bleiben ; ich wollte dich nur verzehren, weil ich nichts anderes habe.« Da gingen sie und setzten sich an den Tisch, und der Mann holte Brot, Wein und Fleisch, das nicht all ward. »Das gefällt mir wohl«, sprach der Riese und aß nach Herzenslust. Danach sprach der Mann zu ihm : »Kannst du mir nicht sagen, wo das goldene Schloß von Stromberg ist ?« Der Riese sagte : »Ich will auf meiner Landkarte nachsehen, darauf sind alle Städte, Dörfer und Häuser zu finden.« Er holte die Landkarte, die er in der Stube hatte, und suchte das Schloß, aber es stand nicht darauf. »Es tut nichts«, sprach er, »ich habe oben im Schranke noch größere Landkarten ; darauf wollen wir suchen« ; aber es war auch vergeblich.

Le lendemain il poursuivit sa route et le soir, comme il
voulait de nouveau se coucher à l'abri d'un buisson, il
entendit des hurlements et des gémissements tels qu'il
ne put pas dormir. Et comme c'était l'heure où les gens
allument des lumières, il en vit une scintiller, se leva et
la suivit : il arriva ainsi devant une maison qui
paraissait toute petite parce qu'il y avait un énorme
géant devant. Alors il pensa à part soi : « Si tu entres et
que le géant t'aperçoive, c'en est fait de ta vie. » Il finit
par s'y risquer et s'approcha. Dès qu'il le vit, le géant
lui dit : « C'est gentil à toi de venir, je n'ai rien mangé
depuis longtemps, je vais t'avaler tout de suite pour
mon souper. — Mieux vaut n'en rien faire, dit
l'homme, je ne me laisse pas volontiers avaler ; si tu as
besoin de nourriture, j'ai tout ce qu'il faut pour te
rassasier. — Si c'est vrai, dit le géant, tu peux être
tranquille ; je ne voulais te dévorer que parce que je
n'ai rien d'autre. » Alors ils allèrent se mettre à table et
l'homme sortit le pain, le vin et la viande qui ne
s'épuisaient jamais. « Cela me convient fort bien », dit
le géant, et il mangea tout son soûl. Après quoi
l'homme lui dit : « Pourrais-tu me dire où se trouve le
château d'or de Stromberg ? » Le géant répondit : « Je
vais regarder sur ma carte, tous les villages, villes et
maisons y sont marqués. » Il alla prendre la carte dans
sa chambre et chercha le château, mais il n'était pas
marqué. « Cela ne fait rien, dit-il, j'ai des cartes plus
grandes en haut dans mon armoire : nous allons
chercher là », mais ce fut encore en vain.

Der Mann wollte nun weitergehen, aber der Riese bat ihn, noch ein paar Tage zu warten, bis sein Bruder heimkäme; der wäre ausgegangen, Lebensmittel zu holen. Als der Bruder heimkam, fragten sie nach dem goldenen Schloß von Stromberg; er antwortete: »Wenn ich gegessen habe und satt bin, dann will ich auf der Karte suchen.« Er stieg dann mit ihnen auf seine Kammer, und sie suchten auf seiner Landkarte, konnten es aber nicht finden; da holte er noch andere alte Karten, und sie ließen nicht ab, bis sie endlich das goldene Schloß von Stromberg fanden, aber es war viele tausend Meilen weit weg. »Wie werde ich nun da hinkommen?« fragte der Mann. Der Riese sprach: »Zwei Stunden hab ich Zeit; da will ich dich bis in die Nähe tragen, dann aber muß ich wieder nach Haus und das Kind säugen, das wir haben.« Da trug der Riese den Mann bis etwa hundert Stunden vom Schloß und sagte: »Den übrigen Weg kannst du wohl allein gehen.« Dann kehrte er um, der Mann aber ging vorwärts Tag und Nacht, bis er endlich zu dem goldenen Schloß von Stromberg kam. Es stand aber auf einem gläsernen Berge, und die verwünschte Jungfrau fuhr in ihrem Wagen um das Schloß herum und ging dann hinein. Er freute sich, als er sie erblickte, und wollte zu ihr hinaufsteigen, aber wie er es auch anfing, er rutschte an dem Glas immer wieder herunter. Und als er sah, daß er sie nicht erreichen konnte, ward er ganz betrübt und sprach zu sich selbst: »Ich will hier unten bleiben und auf sie warten.« Also baute er sich eine Hütte und saß darin ein ganzes Jahr und sah die Königstochter alle Tage oben fahren, konnte aber nicht zu ihr hinaufkommen.

L'homme voulut alors continuer sa route, mais le
géant le pria de rester quelques jours pour attendre le
retour de son frère, lequel était parti chercher des
provisions. Quand il rentra à la maison, ils l'interrogè-
rent sur le château d'or de Stromberg ; il répondit :
« Après le repas, quand je serai rassasié, je chercherai
sur la carte. » Ensuite il monta avec eux dans sa
chambre et ils cherchèrent sur sa carte, mais ils ne
trouvèrent pas ; alors il alla prendre d'autres vieilles
cartes et ils ne cessèrent de chercher que lorsqu'ils
eurent enfin trouvé le château d'or de Stromberg, mais
il était à plusieurs milliers de lieues de distance.
« Comment irai-je jusque-là ? » demanda l'homme. Le
géant répondit : « J'ai deux heures de libres ; je te
porterai à proximité, ensuite il faudra que je rentre à la
maison pour donner à boire à l'enfant que nous
avons. » Alors le géant porta l'homme jusqu'à quelque
cent lieues du château et dit : « Tu peux faire le reste
du chemin tout seul. » Ensuite il fit demi-tour, et
l'homme marcha jour et nuit jusqu'à ce qu'il se trouvât
enfin au château d'or de Stromberg. Or le château
était situé sur une montagne de cristal, et il vit la jeune
fille enchantée en faire le tour dans son carrosse, puis
disparaître à l'intérieur. Il se réjouit de la voir et
voulut la rejoindre, mais dès qu'il se mit à grimper, il
glissa sur le cristal et tomba à chaque pas. Voyant
qu'il ne l'atteindrait point, il fut tout affligé et se dit à
lui-même : « Je vais rester ici à l'attendre. » Il se fit
donc une hutte où il vécut toute une année, et chaque
jour il voyait la princesse passer dans son carrosse,
mais il ne pouvait pas la rejoindre.

Da sah er einmal aus seiner Hütte, wie drei Räuber sich schlugen, und rief ihnen zu : »Gott sei mit euch !« Sie hielten bei dem Ruf inne, als sie aber niemand sahen, fingen sie wieder an, sich zu schlagen, und das zwar ganz gefährlich. Da rief er abermals : »Gott sei mit euch !«

Sie hörten wieder auf, guckten sich um, weil sie aber niemand sahen, fuhren sie auch wieder fort, sich zu schlagen. Da rief er zum dritten Mal : »Gott sei mit euch !«, und dachte, du mußt sehen, was die drei vorhaben, ging hin und fragte, warum sie aufeinander losschlügen. Da sagte der eine, er hätte einen Stock gefunden ; wenn er damit wider eine Tür schlüge, so spränge sie auf ; der andere sagte, er hätte einen Mantel gefunden ; wenn er den umhinge, so wär er unsichtbar ; der dritte aber sprach, er hätte ein Pferd gefangen, damit könnte man überall hinreiten, auch den gläsernen Berg hinauf. Nun wüßten sie nicht, ob sie das in Gemeinschaft behalten oder ob sie sich trennen sollten. Da sprach der Mann : »Die drei Sachen will ich euch eintauschen : Geld habe ich zwar nicht, aber andere Dinge, die mehr wert sind ! Doch muß ich vorher eine Probe machen, damit ich sehe, ob ihr auch die Wahrheit gesagt habt.« Da ließen sie ihn aufs Pferd sitzen, hingen ihm den Mantel um, gaben ihm den Stock in die Hand, und wie er das alles hatte, konnten sie ihn nicht mehr sehen. Da gab er ihnen tüchtige Schläge und rief : »Nun, ihr Bärenhäuter, da habt ihr, was euch gebührt – seid ihr zufrieden ?«

Mais voici qu'un jour, apercevant de sa hutte trois brigands qui se battaient, il leur cria : « Dieu soit avec vous ! » En entendant ces mots, ils s'arrêtèrent, mais comme ils ne voyaient personne, ils recommencèrent à se battre, et même fort dangereusement. Alors il répéta : « Dieu soit avec vous ! »

De nouveau ils cessèrent, regardèrent autour d'eux, et comme ils ne voyaient toujours personne, ils continuèrent de se battre. Alors il cria pour la troisième fois : « Dieu soit avec vous ! », et tout en pensant : « Il faut que tu saches ce que ces trois-là ont en vue », il alla à eux et leur demanda pourquoi ils tapaient ainsi l'un sur l'autre. Alors l'un dit qu'il avait trouvé un bâton ; si l'on frappait avec contre une porte, elle s'ouvrait d'un coup ; l'autre dit qu'il avait trouvé un manteau ; en le mettant on deviendrait invisible ; quant au troisième, il dit qu'il s'était emparé d'un cheval qui vous conduirait n'importe où, voire jusqu'en haut de la montagne de cristal. Seulement ils ne savaient pas s'ils devaient garder tout cela en commun ou se séparer. Alors l'homme dit : « Je vais vous échanger ces trois choses : il est vrai que je n'ai pas d'argent, mais je possède d'autres biens qui ont plus de valeur ! Toutefois il faut d'abord que je fasse un essai pour m'assurer que vous avez bien dit la vérité. » Alors ils le firent monter sur le cheval, lui mirent le manteau et lui donnèrent le bâton, et quand il eut tout cela, ils cessèrent de le voir. Alors il leur donna une bonne raclée et s'écria : « A présent, fainéants, vous avez ce que vous méritez, êtes-vous contents ? »

Dann ritt er den Glasberg hinauf, und als er oben vor
das Schloß kam, war es verschlossen: da schlug er mit
dem Stock an das Tor, und alsbald sprang es auf. Er
trat ein und ging die Treppe hinauf bis oben in den
Saal; da saß die Jungfrau und hatte einen goldenen
Kelch mit Wein vor sich. Sie konnte ihn aber nicht
sehen, weil er den Mantel umhatte. Und als er vor sie
kam, zog er den Ring, den sie ihm gegeben hatte, vom
Finger und warf ihn in den Kelch, daß es klang. Da
rief sie: »Das ist mein Ring, so muß auch der Mann da
sein, der mich erlösen wird.« Sie suchten im ganzen
Schloß und fanden ihn nicht, er war aber hinausgegan-
gen, hatte sich aufs Pferd gesetzt und den Mantel
abgeworfen. Wie sie nun vor das Tor kamen, sahen sie
ihn und schrien vor Freude. Da stieg er ab und nahm
die Königstochter in den Arm; sie aber küßte ihn und
sagte: »Jetzt hast du mich erlöst, und morgen wollen
wir unsere Hochzeit feiern.«

Puis il gravit la montagne de cristal à cheval et quand il arriva devant le château, il était fermé, alors il frappa à la porte avec son bâton et elle ne tarda pas à s'ouvrir. Il entra et monta l'escalier jusqu'à la salle du haut ; la jeune fille était là, et devant elle, il y avait une coupe d'or pleine de vin. Mais elle ne pouvait pas le voir, car il avait mis son manteau. Arrivé devant elle, il retira de son doigt l'anneau qu'elle lui avait donné et le jeta dans la coupe, qui se mit à tinter. Alors elle s'écria : « C'est mon anneau, l'homme qui doit me délivrer est sans doute là aussi. » Ils cherchèrent dans tout le château et ne le trouvèrent pas, lui cependant était sorti, il était monté sur son cheval et avait rejeté son manteau. Quand ils arrivèrent devant la porte, ils le virent et poussèrent des cris de joie. Alors il descendit et prit la princesse dans ses bras : quant à elle, elle l'embrassa en disant : « A présent tu m'as délivrée, demain nous célébrerons nos noces. »

Die Gänsehirtin am Brunnen

Es war einmal ein steinaltes Mütterchen, das lebte mit seiner Herde Gänse in einer Einöde zwischen Bergen und hatte da ein kleines Haus. Die Einöde war von einem großen Wald umgeben, und jeden Morgen nahm die Alte ihre Krücke und wackelte in den Wald. Da war aber das Mütterchen ganz geschäftig, mehr als man ihm bei seinen hohen Jahren zugetraut hätte, sammelte Gras für seine Gänse, brach sich das wilde Obst ab, soweit es mit den Händen reichen konnte, und trug alles auf seinem Rücken heim. Man hätte meinen sollen, die schwere Last müßte sie zu Boden drücken, aber sie brachte sie immer glücklich nach Haus. Wenn ihr jemand begegnete, so grüßte sie ganz freundlich: »Guten Tag, lieber Landsmann, heute ist schönes Wetter. Ja, Ihr wundert Euch, daß ich das Gras schleppe, aber jeder muß seine Last auf den Rücken nehmen.« Doch die Leute begegneten ihr nicht gerne und nahmen lieber einen Umweg, und wenn ein Vater mit seinem Knaben an ihr vorüberging, so sprach er leise zu ihm:

La gardeuse d'oies à la fontaine

Il était une fois une vieille petite bonne femme, vieille comme les pierres, qui vivait avec son troupeau d'oies dans une retraite solitaire, entre les montagnes, où elle avait une maisonnette. Ce lieu était environné d'une grande forêt, et tous les matins la vieille prenait sa béquille et se rendait au bois d'un pas chancelant. Une fois là, pourtant, la petite vieille était très affairée, bien plus qu'on ne l'en eût cru capable vu son âge avancé ; elle ramassait de l'herbe pour ses oies, cueillait des fruits sauvages autant qu'elle pouvait les atteindre avec ses mains et remportait le tout sur son dos. On aurait pu croire qu'elle allait succomber sous sa lourde charge, mais elle la ramenait toujours à bon port. Quand elle rencontrait quelqu'un, elle le saluait d'un air très affable. « Bonjour, pays, il fait beau aujourd'hui. Oui-da, ça vous étonne de me voir traîner mon herbe, mais il faut bien que chacun se charge de son fardeau. » Pourtant, les gens n'aimaient pas la rencontrer, ils préféraient faire un détour, et quand un père la croisait avec son petit garçon, il lui disait tout bas :

»Nimm dich in acht vor der Alten, die hat's faustdick hinter den Ohren : es ist eine Hexe.«

Eines Morgens ging ein hübscher junger Mann durch den Wald. Die Sonne schien hell, die Vögel sangen, und ein kühles Lüftchen strich durch das Laub, und er war voll Freude und Lust. Noch war ihm kein Mensch begegnet, als er plötzlich die alte Hexe erblickte, die am Boden auf den Knien saß und Gras mit einer Sichel abschnitt. Eine ganze Last hatte sie schon in ihr Tragtuch geschoben, und daneben standen zwei Körbe, die mit wilden Birnen und Äpfeln angefüllt waren. »Aber Mütterchen«, sprach er, »wie kannst du das alles fortschaffen?« – »Ich muß sie tragen, lieber Herr«, antwortete sie, »reicher Leute Kinder brauchen es nicht. Aber beim Bauer heißt's :

Schau dich nicht um,
Dein Buckel ist krumm.«

»Wollt Ihr mir helfen?« sprach sie, als er bei ihr stehenblieb. »Ihr habt noch einen geraden Rücken und junge Beine, es wird Euch ein leichtes sein. Auch ist mein Haus nicht so weit von hier – hinter dem Berge dort steht es auf einer Heide. Wie bald seid Ihr da hinaufgesprungen.« Der junge Mann empfand Mitleiden mit der Alten; »zwar ist mein Vater kein Bauer«, antwortete er, »sondern ein reicher Graf, aber damit Ihr seht, daß die Bauern nicht allein tragen können, so will ich Euer Bündel aufnehmen.« – »Wollt Ihr's versuchen«, sprach sie, »so soll mir's lieb sein. Eine Stunde weit werdet Ihr freilich gehen müssen, aber was macht Euch das aus! Dort die Äpfel und Birnen müßt Ihr auch tragen.«

« Prends garde à cette vieille, elle cache son jeu : c'est une sorcière. »

Un matin, un beau jeune homme traversa la forêt. Le soleil brillait clair. Les oiseaux chantaient, une brise fraîche agitait le feuillage, et il était plein de joie et de plaisir. Il n'avait pas encore rencontré âme qui vive quand il aperçut soudain la vieille sorcière qui, agenouillée par terre, coupait de l'herbe avec une faucille. Elle en avait déjà mis tout un tas dans sa toilette et à côté, il y avait deux paniers remplis de poires et de pommes. « Mais petite mère, dit-il, comment pourras-tu emporter tout cela? — Je serai bien obligée, mon bon monsieur, répondit-elle, les enfants de riches n'en ont pas besoin, mais chez le paysan on dit :

> *Ne te retourne pas,*
> *Tu courbes l'échine.*

Voulez-vous m'aider? lui dit-elle, comme il restait planté là. Vous avez encore le dos droit et vos jambes sont jeunes, ce sera une bagatelle pour vous. D'ailleurs ma maison n'est pas loin d'ici : elle est sur une lande, là-bas, derrière cette montagne. Vous n'aurez qu'un saut à faire. » Le jeune homme eut pitié de la vieille : « A vrai dire, mon père n'est pas un paysan, mais un riche comte, répondit-il, pourtant afin que vous voyiez que les paysans ne sont pas seuls à pouvoir porter un fardeau, je vais me charger de votre baluchon. — Si vous voulez essayer, dit-elle, j'en serai fort aise. Sans doute vous aurez une lieue à faire, mais qu'est-ce que c'est pour vous? Il faut porter aussi ces pommes et ces poires-là. »

Es kam dem jungen Grafen doch ein wenig bedenklich vor, als er von einer Stunde Wegs hörte, aber die Alte ließ ihn nicht wieder los, packte ihm das Tragtuch auf den Rücken und hing ihm die beiden Körbe an den Arm. »Seht Ihr, es geht ganz leicht«, sagte sie. »Nein, es geht nicht leicht «, antwortete der Graf und machte ein schmerzliches Gesicht, »der Bündel drückt ja so schwer, als wären lauter Wackersteine darin, und die Äpfel und Birnen haben ein Gewicht, als wären sie von Blei; ich kann kaum atmen.« Er hatte Lust, alles wieder abzulegen, aber die Alte ließ es nicht zu. »Seht einmal«, sprach sie spöttisch, »der junge Herr will nicht tragen, was ich alte Frau schon so oft fortgeschleppt habe. Mit schönen Worten sind sie bei der Hand, aber wenn's ernst wird, so wollen sie sich aus dem Staub machen. Was steht Ihr da«, fuhr sie fort, »und zaudert, hebt die Beine auf. Es nimmt Euch niemand den Bündel wieder ab.« Solange er auf ebener Erde ging, war's noch auszuhalten, aber als sie an den Berg kamen und steigen mußten und die Steine hinter seinen Füßen hinabrollten, als wären sie lebendig, da ging's über seine Kräfte. Die Schweißtropfen standen ihm auf der Stirne und liefen ihm bald heiß, bald kalt über den Rücken hinab. »Mütterchen«, sagte er, »ich kann nicht weiter, ich will ein wenig ruhen.« – »Nichts da«, antwortete die Alte, »wenn wir angelangt sind, so könnt Ihr ausruhen, aber jetzt müßt Ihr vorwärts. Wer weiß, wozu Euch das gut ist.« – »Alte, du wirst unverschämt«, sagte der Graf und wollte das Tragtuch abwerfen, aber er bemühte sich vergeblich – es hing so fest an seinem Rücken, als wenn es angewachsen wäre.

Le jeune comte trouva toutefois un peu bizarre qu'elle parlât d'une lieue, mais la vieille ne le lâcha plus, elle lui mit le ballot sur le dos et lui pendit les deux paniers aux bras. « Vous voyez, cela va tout seul, dit-elle. — Non, répondit le comte en faisant une grimace de douleur, cela ne va pas tout seul. Le ballot me blesse autant que s'il contenait un tas de moellons, et les poires et les pommes sont lourdes comme du plomb, c'est tout juste si je peux respirer. » Il avait envie de tout planter là, mais la vieille ne le laissa pas faire. « Voyez un peu, dit-elle moqueuse, ce jeune monsieur ne peut pas porter ce que moi, pauvre vieille, j'ai traîné si souvent. Pour les belles paroles, ils sont prêts, mais quand ça devient sérieux, ils veulent prendre la poudre d'escampette. Qu'avez-vous à rester là comme un piquet et à hésiter ? Allons, levez les jambes, personne ne vous reprendra le paquet. » Tant que le terrain resta plat, ce fut encore tolérable, mais quand ils arrivèrent à la côte et qu'il leur fallut monter, tandis que les pierres roulaient sous ses talons comme des choses vivantes, ce fut au-dessus de ses forces. Les gouttes de sueur lui perlaient sur le front et lui coulaient le long de l'échine, tantôt brûlantes, tantôt glacées. « Petite mère, dit-il, je n'en peux plus, je vais me reposer un peu. — Que non, répondit la vieille, quand nous serons arrivés, vous pourrez prendre du repos, mais maintenant il faut avancer. Qui sait, cela vous sera peut-être bon à quelque chose. — Vieille, tu deviens insolente », dit le comte, et il voulut se défaire du paquet, mais il s'y efforça vainement : il tenait à son dos aussi solidement que s'il y avait été soudé.

Er drehte und wendete sich, aber er konnte es nicht wieder loswerden. Die Alte lachte dazu und sprang ganz vergnügt auf ihrer Krücke herum. »Erzürnt Euch nicht, lieber Herr«, sprach sie, »Ihr werdet ja so rot im Gesicht wie ein Zinshahn. Tragt Euer Bündel mit Geduld; wenn wir zu Hause angelangt sind, so will ich Euch schon ein gutes Trinkgeld geben.« Was wollte er machen? Er mußte sich in sein Schicksal fügen und geduldig hinter der Alten herschleichen. Sie schien immer flinker zu werden und ihm seine Last immer schwerer. Auf einmal tat sie einen Satz, sprang auf das Tragtuch und setzte sich oben darauf; wie zaundürre sie war, so hatte sie doch mehr Gewicht als die dickste Bauerndirne. Dem Jüngling zitterten die Knie, aber wenn er nicht fortging, so schlug ihn die Alte mit einer Gerte und mit Brennesseln auf die Beine. Unter beständigem Ächzen stieg er den Berg hinauf und langte endlich bei dem Haus der Alten an, als er eben niedersinken wollte. Als die Gänse die Alte erblickten, streckten sie die Flügel in die Höhe und die Hälse voraus, liefen ihr entgegen und schrien ihr Wulle, Wulle. Hinter der Herde, mit einer Rute in der Hand, ging eine bejahrte Trulle, stark und groß, aber häßlich wie die Nacht. »Frau Mutter«, sprach sie zur Alten, »ist Euch etwas begegnet? Ihr seid so lange ausgeblieben.« – »Bewahre, mein Töchterchen«, erwiderte sie, »mir ist nichts Böses begegnet, im Gegenteil, der liebe Herr da hat mir meine Last getragen; denk dir, als ich müde war, hat er mich selbst noch auf den Rücken genommen. Der Weg ist uns auch gar nicht lang geworden, wir sind lustig gewesen und haben immer Spaß miteinander gemacht.«

Il se tourna et se retourna, mais ne put s'en débarrasser. La vieille riait de le voir et sautillait joyeusement sur sa béquille. « Ne vous fâchez pas, mon bon monsieur, dit-elle, vous en devenez rouge comme un coq. Portez votre baluchon avec patience, et quand nous serons arrivés chez moi, je vous donnerai un bon pourboire. » Que faire ? Il lui fallut se résigner à son sort et avancer patiemment derrière la vieille. Elle semblait devenir de plus en plus agile, et lui, son fardeau lui pesait de plus en plus. Tout à coup, elle fit un bond, sauta sur le haut du ballot et s'y assit, et bien qu'elle fût sèche comme du bois cela ne l'empêchait pas d'être plus lourde que la plus grosse des campagnardes. Les genoux du garçon en tremblaient, mais quand il n'avançait pas, la vieille lui tapait sur les mollets avec une baguette et des orties. Il grimpa la côte en geignant sans arrêt et lorsqu'il atteignit enfin la maison de la vieille, il était sur le point de s'écrouler. Quand les oies aperçurent leur maîtresse, elles coururent à sa rencontre, les ailes levées et le cou tendu, en criant : « Houle, houle. » Derrière le troupeau s'en venait, sa badine à la main, une maritorne d'un certain âge, grande et grosse, mais laide à faire peur. « Mère, dit-elle à la vieille, vous est-il arrivé quelque chose ? Vous vous êtes attardée bien longtemps. — Du tout, fillette, répondit-elle, il ne m'est rien arrivé de fâcheux, au contraire, le bon monsieur que voilà m'a porté mon ballot ; et figure-toi, comme j'étais fatiguée, il m'a prise moi-même sur son dos. D'ailleurs le chemin ne nous a pas paru long, nous nous sommes amusés et nous n'avons cessé de plaisanter ensemble. »

Endlich rutschte die Alte herab, nahm dem jungen
Mann den Bündel vom Rücken und die Körbe vom
Arm, sah ihn ganz freundlich an und sprach : »Nun
setzt Euch auf die Bank vor der Tür und ruht Euch aus.
Ihr habt Euern Lohn redlich verdient, der soll auch
nicht ausbleiben.« Dann sprach sie zu der Gänsehirtin :
»Geh du ins Haus hinein, mein Töchterchen, es schickt
sich nicht, daß du mit einem jungen Herrn allein bist,
man muß nicht Öl ins Feuer gießen ; er könnte sich in
dich verlieben.« Der Graf wußte nicht, ob er weinen
oder lachen sollte. Solch ein Schätzchen, dachte er, und
wenn es dreißig Jahre jünger wäre, könnte doch mein
Herz nicht rühren. Indessen hätschelte und streichelte
die Alte ihre Gänse wie Kinder und ging dann mit
ihrer Tochter in das Haus. Der Jüngling streckte sich
auf die Bank unter einem wilden Apfelbaum. Die Luft
war lau und mild, ringsumher breitete sich eine grüne
Wiese aus, die mit Himmelsschlüsseln, wildem Thy-
mian und tausend andern Blumen übersät war. Mit-
tendurch rauschte ein klarer Bach, auf dem die Sonne
glitzerte ; und die weißen Gänse gingen auf und ab
spazieren oder puddelten sich im Wasser. »Es ist recht
lieblich hier«, sagte er, »aber ich bin so müde, daß ich
die Augen nicht aufbehalten mag : ich will ein wenig
schlafen. Wenn nur kein Windstoß kommt und bläst
mir meine Beine vom Leibe weg, denn sie sind mürb
wie Zunder.«

Als er ein Weilchen geschlafen hatte, kam die Alte
und schüttelte ihn wach. »Steh auf«, sagte sie, »hier
kannst du nicht bleiben. Freilich habe ich dir's sauer
genug gemacht, aber das Leben hat's doch nicht
gekostet.

Enfin la vieille se laissa glisser par terre, ôta le paquet du dos du jeune homme et les paniers de son bras, le regarda d'un air très aimable et dit : « A présent, asseyez-vous sur le banc devant la porte. Vous avez honnêtement gagné votre salaire, il ne vous fera pas défaut. » Puis elle dit à la gardeuse d'oies : « Entre dans la maison, fillette, il n'est pas séant de rester seule avec un jeune homme, il ne faut pas jeter de l'huile sur le feu, il pourrait s'amouracher de toi. » Le comte ne savait pas s'il devait pleurer ou rire, il se dit : « Quand même elle aurait trente ans de moins, une petite amie comme ça aurait de la peine à toucher mon cœur. » Cependant la vieille caressait et flattait ses oies comme des enfants, puis elle entra dans la maison avec sa fille. Le jeune homme s'étendit sur le banc, à l'ombre d'un pommier sauvage. L'air était tiède et doux : tout autour de lui s'étendait une vaste prairie parsemée de primevères, de serpolet et de mille autres fleurs, au beau milieu passait en murmurant un clair ruisseau que le soleil faisait scintiller, et les oies blanches se promenaient de-ci de-là ou barbotaient dans l'eau. « C'est bien agréable ici, se dit-il, mais je suis si fatigué que je n'ai pas envie de garder les yeux ouverts, je vais dormir un peu. Pourvu qu'un coup de vent ne vienne pas m'arracher les jambes, elles sont molles comme de l'amadou. »

Quand il eut un peu dormi, la vieille vint le secouer pour le réveiller. « Debout, dit-elle, tu ne peux pas rester ici. Il est vrai que je ne t'ai pas ménagé, mais cela ne t'a pas coûté la vie.

Jetzt will ich dir deinen Lohn geben, Geld und Gut brauchst du nicht, da hast du etwas anderes.« Damit steckte sie ihm ein Büchslein in die Hand, das aus einem einzigen Smaragd geschnitten war. »Bewahr's wohl«, setzte sie hinzu, »es wird dir Glück bringen.« Der Graf sprang auf, und da er fühlte, daß er ganz frisch und wieder bei Kräften war, so dankte er der Alten für ihr Geschenk und machte sich auf den Weg, ohne nach dem schönen Töchterchen auch nur einmal umzublicken. Als er schon eine Strecke weg war, hörte er noch aus der Ferne das lustige Geschrei der Gänse.

Der Graf mußte drei Tage in der Wildnis herum-irren, ehe er sich herausfinden konnte. Da kam er in eine große Stadt, und weil ihn niemand kannte, ward er in das königliche Schloß geführt, wo der König und die Königin auf dem Thron saßen. Der Graf ließ sich auf ein Knie nieder, zog das smaragdene Gefäß aus der Tasche und legte es der Königin zu Füßen. Sie hieß ihn aufstehen, und er mußte ihr das Büchslein hinauf-reichen. Kaum aber hatte sie es geöffnet und hineinge-blickt, so fiel sie wie tot zur Erde. Der Graf ward von den Dienern des Königs festgehalten und sollte in das Gefängnis geführt werden, da schlug die Königin die Augen auf und rief, sie sollten ihn freilassen, und jedermann sollte hinausgehen, sie wollte insgeheim mit ihm reden.

Als die Königin allein war, fing sie bitterlich an zu weinen und sprach : »Was hilft mir Glanz und Ehre, die mich umgeben, jeden Morgen erwache ich mit Sorgen und Kummer.

Maintenant je vais te donner ton salaire, tu n'as besoin ni d'argent, ni de biens, voilà quelque chose d'autre. » Ce que disant, elle lui mit dans la main une petite boîte taillée dans une unique émeraude. « Garde-la bien, ajouta-t-elle, elle te portera bonheur. » Le comte sauta de son banc, et voilà qu'il se sentit tout dispos, ses forces étaient revenues, il remercia donc la vieille de son cadeau et se mit en route sans se retourner une seule fois vers la jolie fillette. Il avait déjà fait un bout de chemin qu'il entendait encore dans le lointain le cri joyeux des oies.

Le comte dut errer trois jours dans la contrée sauvage avant de pouvoir en trouver l'issue. Puis il arriva dans une grande ville, et comme personne ne le connaissait, on le conduisit au château, où le roi et la reine étaient assis sur leur trône. Le comte mit un genou en terre, prit la boîte d'émeraude dans sa poche et la déposa aux pieds de la reine. Mais à peine l'eût-elle ouverte et y eût-elle jeté les yeux qu'elle s'écroula, comme morte. Le comte fut saisi par les laquais du roi et il allait être emmené en prison quand la reine ouvrit les yeux, cria de le laisser en liberté et ordonna à tout le monde de sortir, car elle voulait lui parler en secret.

Quand la reine fut seule, elle se mit à pleurer amèrement et dit : « A quoi bon le faste et les honneurs qui m'entourent, tous les matins je m'éveille dans les soucis et le chagrin.

Ich habe drei Töchter gehabt, davon war die jüngste so
schön, daß sie alle Welt für ein Wunder hielt. Sie war
so weiß wie Schnee, so rot wie Apfelblüte und ihr Haar
so glänzend wie Sonnenstrahlen. Wenn sie weinte, so
fielen nicht Tränen aus ihren Augen, sondern lauter
Perlen und Edelsteine. Als sie fünfzehn Jahr alt war,
da ließ der König alle drei Schwestern vor seinen
Thron kommen. Da hättet Ihr sehen sollen, was die
Leute für Augen machten, als die jüngste eintrat; es
war, als wenn die Sonne aufging. Der König sprach:
›Meine Töchter, ich weiß nicht, wann mein letzter Tag
kommt, ich will heute bestimmen, was eine jede nach
meinem Tode erhalten soll. Ihr alle habt mich lieb,
aber welche mich von euch am liebsten hat, die soll das
Beste haben.‹ Jede sagte, sie hätte ihn am liebsten.
›Könnt ihr mir's nicht ausdrücken‹, erwiderte der
König, ›wie lieb ihr mich habt? Daran werde ich's
sehen, wie ihr's meint.‹ Die älteste sprach: ›Ich habe
den Vater so lieb wie den süßesten Zucker.‹ Die
zweite: ›Ich habe den Vater so lieb wie mein schönstes
Kleid.‹ Die jüngste aber schwieg. Da fragte der Vater:
›Und du, mein liebstes Kind, wie lieb hast du mich?‹ –
›Ich weiß es nicht‹, antwortete sie, ›und kann meine
Liebe mit nichts vergleichen.‹ Aber der Vater bestand
darauf, sie müßte etwas nennen. Da sagte sie endlich:
›Die beste Speise schmeckt mir nicht ohne Salz, darum
habe ich den Vater so lieb wie Salz.« Als der König das
hörte, geriet er in Zorn und sprach: ›Wenn du mich so
liebst als Salz, so soll deine Liebe auch mit Salz
belohnt werden.‹

J'avais trois filles, dont la cadette était si jolie que le monde entier la tenait pour une merveille. Elle était blanche comme la neige, rose comme une fleur de pommier, et ses cheveux étaient aussi brillants que les rayons du soleil. Lorsqu'elle pleurait, ce n'étaient pas des larmes qui lui coulaient des yeux, mais rien que des perles et des pierres précieuses. Quand elle eut quinze ans, le roi fit venir les trois sœurs devant le trône. Vous auriez dû voir alors quels yeux faisaient les assistants quand la plus jeune entra, on eût dit que le soleil se levait. Le roi déclara : « Mes filles, je ne sais quand mon dernier jour viendra, mais je veux fixer aujourd'hui ce que chacune d'entre vous recevra après ma mort. Vous me chérissez toutes, mais celle de vous qui m'aime le mieux aura la meilleure part. » Chacune déclara que c'était elle qui l'aimait le plus. « Ne pouvez-vous exprimer la manière dont vous m'aimez ? répondit le roi. Ainsi je verrai ce que vous entendez par là. » L'aînée déclara : « J'aime mon père comme le sucre le plus doux. » La seconde : « J'aime mon père comme la plus belle de mes robes. » Mais la plus jeune se taisait. Alors le roi lui demanda : « Et toi, mon enfant chéri, comment m'aimes-tu ? — Je ne sais pas, répondit-elle, je ne puis comparer mon amour à rien. » Mais le père insistant pour qu'elle nommât quelque chose, elle dit enfin : « Le meilleur des mets, je ne le trouve pas bon sans sel, c'est pourquoi j'aime mon père autant que le sel. » En entendant ces mots, le roi se mit en colère et dit : « Puisque tu m'aimes autant que le sel, je te paierai donc ton amour avec du sel. »

Da teilte er das Reich zwischen den beiden ältesten,
der jüngsten aber ließ er einen Sack mit Salz auf den
Rücken binden, und zwei Knechte mußten sie hinaus
in den wilden Wald führen. Wir haben alle für sie
gefleht und gebeten«, sagte die Königin, »aber der
Zorn des Königs war nicht zu erweichen. Wie hat sie
geweint, als sie uns verlassen mußte! Der ganze Weg
ist mit Perlen besät worden, die ihr aus den Augen
geflossen sind. Den König hat bald hernach seine
große Härte gereut und hat das arme Kind in dem
ganzen Wald suchen lassen, aber niemand konnte sie
finden. Wenn ich denke, daß sie die wilden Tiere
gefressen haben, so weiß ich mich vor Traurigkeit
nicht zu fassen; manchmal tröste ich mich mit der
Hoffnung, sie sei noch am Leben und habe sich in
einer Höhle versteckt oder bei mitleidigen Menschen
Schutz gefunden. Aber stellt Euch vor, als ich Euer
Smaragdbüchslein aufmachte, so lag eine Perle darin,
gerade der Art, wie sie meiner Tochter aus den Augen
geflossen sind, und da könnt Ihr Euch vorstellen, wie
mir der Anblick das Herz bewegt hat. Ihr sollt mir
sagen, wie Ihr zu der Perle gekommen seid.« Der Graf
erzählte ihr, daß er sie von der Alten im Walde
erhalten hätte, die ihm nicht geheuer vorgekommen
wäre und eine Hexe sein müßte; von ihrem Kinde aber
hätte er nichts gehört und gesehen. Der König und die
Königin faßten den Entschluß, die Alte aufzusuchen;
sie dachten, wo die Perle gewesen wäre, da müßten sie
auch Nachricht von ihrer Tochter finden.

Die Alte saß draußen in der Einöde bei ihrem
Spinnrad und spann.

Alors il partagea son royaume entre ses deux aînées, quant à la cadette, il lui fit attacher un sac de sel au dos, et deux valets durent la conduire dans la forêt sauvage. « Nous l'avons tous imploré et supplié pour elle, dit la reine, mais rien ne put fléchir le roi. Comme elle pleurait quand il lui a fallu nous quitter ! Tout le chemin était parsemé des perles qui lui tombaient des yeux. Le roi n'a pas tardé à regretter sa grande dureté, il a fait chercher la pauvre enfant dans toute la forêt, mais personne n'a pu la retrouver. Quand je pense que les bêtes sauvages l'ont dévorée, je ne me sens pas de tristesse ; parfois je me berce de l'espoir qu'elle est encore en vie et qu'elle s'est cachée dans une caverne ou bien qu'elle a trouvé protection chez des personnes compatissantes. Mais imaginez-vous qu'en ouvrant votre petite boîte d'émeraude, j'y ai vu une perle exactement semblable à celles qui coulaient des yeux de ma fille, et vous pouvez vous représenter combien cette vue a ému mon cœur. Dites-moi comment la perle est tombée entre vos mains. » Le comte raconta qu'il la tenait de la vieille de la forêt, laquelle ne lui avait pas paru bien rassurante et devait être sorcière ; mais qu'il n'avait rien appris ni rien vu au sujet de la princesse. Le roi et la reine prirent la décision d'aller trouver la vieille, ils pensaient que là où était la perle, ils auraient nécessairement des nouvelles de leur enfant.

La vieille était dans sa retraite et filait, assise à son rouet.

Es war schon dunkel geworden, und ein Span, der unten am Herd brannte, gab ein sparsames Licht. Auf einmal ward's draußen laut, die Gänse kamen heim von der Weide und ließen ihr heiseres Gekreisch hören. Bald hernach trat auch die Tochter herein. Aber die Alte dankte ihr kaum und schüttelte nur ein wenig mit dem Kopf. Die Tochter setzte sich zu ihr nieder, nahm ihr Spinnrad und drehte den Faden so flink wie ein junges Mädchen. So saßen beide zwei Stunden und sprachen kein Wort miteinander. Endlich raschelte etwas am Fenster, und zwei feurige Augen glotzten herein. Es war eine alte Nachteule, die dreimal uhu schrie. Die Alte schaute nur ein wenig in die Höhe, dann sprach sie : »Jetzt ist's Zeit, Töchterchen, daß du hinausgehst, tu deine Arbeit.«

Sie stand auf und ging hinaus. Wo ist sie denn hingegangen? Über die Wiesen immer weiter bis in das Tal. Endlich kam sie zu einem Brunnen, bei dem drei alte Eichbäume standen. Der Mond war indessen rund und groß über dem Berg aufgestiegen, und es war so hell, daß man eine Stecknadel hätte finden können. Sie zog eine Haut ab, die auf ihrem Gesicht lag, bückte sich dann zu dem Brunnen und fing an, sich zu waschen. Als sie fertig war, tauchte sie auch die Haut in das Wasser und legte sie dann auf die Wiese, damit sie wieder im Mondschein bleichen und trocknen sollte. Aber wie war das Mädchen verwandelt! So was habt ihr nie gesehen! Als der graue Zopf abfiel, da quollen die goldenen Haare wie Sonnenstrahlen hervor und breiteten sich, als wär's ein Mantel, über ihre ganze Gestalt.

Il faisait déjà sombre, et une torche qui brûlait près de l'âtre répandait une maigre lueur. Tout à coup il y eut du bruit dehors, les oies s'en revenaient du pré et faisaient entendre leurs cris rauques. Peu après la fille entra à son tour. Elle s'assit à son rouet et tordit le fil aussi prestement qu'une jeunesse. Elles restèrent ainsi deux heures et n'échangèrent pas un mot. Enfin quelque chose frôla la fenêtre et deux yeux de feu tout ronds regardèrent à l'intérieur. C'était une vieille chouette qui par trois fois cria houhou. La vieille se contenta de lever un peu les yeux, puis elle dit : « Voilà le moment de sortir, ma petite fille, fais ta besogne. »

Elle se leva et sortit. Où s'en est-elle donc allée ? Par-delà les prés et toujours plus loin jusque dans la vallée. Enfin elle arriva à une fontaine près de laquelle se dressaient trois vieux chênes. Pendant ce temps la lune s'était levée, ronde et pleine, au-dessus de la montagne, et il faisait si clair qu'on aurait pu retrouver une épingle. Elle ôta une peau qui recouvrait sa figure, puis se pencha sur la fontaine et se mit à se laver. Quand elle eut fini, elle trempa aussi la peau dans l'eau, puis l'étendit sur le pré afin qu'elle blanchît et séchât au clair de lune. Mais comme la jeune fille était métamorphosée ! Vous n'avez jamais rien vu de pareil ! Quand sa tresse grise tomba, ses cheveux d'or jaillirent tels des rayons de soleil et la couvrirent tout entière comme un manteau.

Nur die Augen blitzten heraus so glänzend wie die
Sterne am Himmel, und die Wangen schimmerten in
sanfter Röte wie die Apfelblüte.

Aber das schöne Mädchen war traurig. Es setzte sich
nieder und weinte bitterlich. Eine Träne nach der
andern drang aus seinen Augen und rollte zwischen
den langen Haaren auf den Boden. So saß es da und
wäre lange sitzen geblieben, wenn es nicht in den
Ästen des nahestehenden Baumes geknistert und
gerauscht hätte. Sie sprang auf wie ein Reh, das den
Schuß des Jägers vernimmt. Der Mond ward gerade
von einer schwarzen Wolke bedeckt, und im Augenblick war das Mädchen wieder in die alte Haut
geschlüpft und verschwand wie ein Licht, das der
Wind ausbläst.

Zitternd wie Espenlaub lief sie zu dem Haus zurück.
Die Alte stand vor der Türe, und das Mädchen wollte
ihr erzählen, was ihm begegnet war, aber die Alte
lachte freundlich und sagte : »Ich weiß schon alles.«
Sie führte es in die Stube und zündete einen neuen
Span an. Aber sie setzte sich nicht wieder zu dem
Spinnrad, sondern sie holte einen Besen und fing an zu
kehren und zu scheuern. »Es muß alles rein und
sauber sein«, sagte sie zu dem Mädchen. »Aber
Mutter«, sprach das Mädchen, »warum fangt Ihr in so
später Stunde die Arbeit an? Was habt Ihr vor?« –
»Weißt du denn, welche Stunde es ist?« fragte die
Alte. »Noch nicht Mitternacht«, antwortete das Mäd-
chen, »aber schon elf Uhr vorbei.« – »Denkst du nicht
daran«, fuhr die Alte fort, »daß du heute vor drei
Jahren zu mir gekommen bist? Deine Zeit ist aus, wir
können nicht länger beisammenbleiben.«

Seuls ses yeux brillaient au travers, aussi étincelants que les étoiles du ciel, et ses joues se coloraient d'un rose aussi doux que la fleur du pommier.

Mais la belle jeune fille était triste. Elle s'assit et versa des larmes amères. Les larmes lui coulaient des yeux l'une après l'autre et roulaient jusqu'à terre entre ses longs cheveux. Elle restait là dans cette posture et y serait demeurée longtemps si elle n'avait entendu quelque chose craquer et bruire dans les branches d'un arbre proche. Elle se leva d'un bond comme un chevreuil qui perçoit le coup du chasseur. La lune était justement cachée par un nuage noir, en un clin d'œil la jeune fille rentra dans sa vieille peau et disparut, telle une lumière éteinte par le vent.

Elle rentra en courant, tremblante comme la feuille. La vieille était devant la porte et la jeune fille voulut lui raconter ce qui lui était arrivé, mais la vieille se mit à rire affectueusement et lui dit : « Je sais déjà tout. » Elle la fit entrer dans la salle et alluma une nouvelle torche. Mais elle ne retourna pas à son rouet, elle alla chercher un balai et se mit à balayer et à laver. « Il faut que tout soit propre et net, dit-elle à la jeune fille.

— Mais, ma mère, dit celle-ci, pourquoi vous mettez-vous au travail à une heure si tardive ? Qu'avez-vous ?

— Sais-tu donc quelle heure il est ? demanda la vieille.

— Pas encore minuit, répondit la jeune fille, mais déjà onze heures passées. — Ne te rappelles-tu pas qu'il y a aujourd'hui trois ans que tu es arrivée chez moi ? Ton temps est fini, nous ne pouvons pas rester plus longtemps ensemble. »

Das Mädchen erschrak und sagte : »Ach, liebe Mutter, wollt Ihr mich verstoßen ? Wo soll ich hin ? Ich habe keine Freunde und keine Heimat, wohin ich mich wenden kann. Ich habe alles getan, was Ihr verlangt habt, und Ihr seid immer zufrieden mit mir gewesen : schickt mich nicht fort.« Die Alte wollte dem Mädchen nicht sagen, was ihm bevorstand. »Meines Bleibens ist nicht länger hier«, sprach sie zu ihm ; »wenn ich aber ausziehe, muß Haus und Stube sauber sein – darum halt mich nicht auf in meiner Arbeit. Deinetwegen sei ohne Sorgen, du sollst ein Dach finden, unter dem du wohnen kannst, und mit dem Lohn, den ich dir geben will, wirst du auch zufrieden sein.« – »Aber sagt mir nur, was ist vor ?« fragte das Mädchen weiter. »Ich sage dir nochmals, störe mich nicht in meiner Arbeit. Rede kein Wort weiter, geh in deine Kammer, nimm die Haut vom Gesicht und zieh das seidene Kleid an, das du trugst, als du zu mir kamst, und dann harre in deiner Kammer, bis ich dich rufe.«

Aber ich muß wieder von dem König und der Königin erzählen, die mit dem Grafen ausgezogen waren und die Alte in der Einöde aufsuchen wollten. Der Graf war nachts in dem Walde von ihnen abgekommen und mußte allein weitergehen. Am andern Tag kam es ihm vor, als befände er sich auf dem rechten Weg. Er ging immerfort, bis die Dunkelheit einbrach ; da stieg er auf einen Baum und wollte da übernachten, denn er war besorgt, er möchte sich verirren. Als der Mond die Gegend erhellte, so erblickte er eine Gestalt, die den Berg herabwandelte.

La jeune fille fut prise de frayeur et dit : « Oh, chère mère, vous voulez me chasser ? Où irai-je ? Je n'ai pas d'amis, pas de pays où diriger mes pas. J'ai fait tout ce que vous m'avez demandé et vous avez toujours été contente de moi ; ne me renvoyez pas. » La vieille ne voulait pas dire à la jeune fille ce qui l'attendait. « Je ne peux plus rester longtemps ici, dit-elle, mais quand je m'en irai, il faudra que la maison et la salle soient propres ; donc ne me retarde pas dans mon ouvrage. Sois sans crainte en ce qui te concerne, tu trouveras un toit sous lequel tu pourras habiter, et tu seras satisfaite aussi du salaire que je vais te donner. — Mais dites-moi seulement ce qui se prépare ? dit la jeune fille. — Je te répète de ne pas me déranger dans mon travail. Ne dis plus un mot, va dans ta chambre, ôte la peau de ton visage et mets la robe de soie que tu portais quand tu es arrivée ici, et puis attends chez toi que je t'appelle. »

Mais il faut que je revienne au roi et à la reine, qui s'étaient mis en route avec le comte pour aller trouver la vieille dans sa retraite. S'étant trouvé séparé d'eux la nuit, le comte dut continuer son chemin tout seul. Le lendemain, il lui sembla qu'il était sur la bonne voie. Il marcha donc jusqu'à la tombée du jour, puis il monta sur un arbre et voulut y passer la nuit, car il avait peur de s'égarer. Quand la lune éclaira les environs, il aperçut une silhouette qui descendait la côte.

Sie hatte keine Rute in der Hand, aber er konnte doch sehen, daß es die Gänsehirtin war, die er früher bei dem Haus der Alten gesehen hatte. »Oho!« rief er, »da kommt sie, und habe ich erst die eine Hexe, so soll mir die andere auch nicht entgehen.« Wie erstaunte er aber, als sie zu dem Brunnen trat, die Haut ablegte und sich wusch, als die goldenen Haare über sie herabfielen und sie so schön war, wie er noch niemand auf der Welt gesehen hatte. Kaum daß er zu atmen wagte, aber er streckte den Hals zwischen dem Laub so weit vor, als er nur konnte, und schaute sie mit unverwandten Blicken an. Ob er sich zu weit überbog oder was sonst schuld war, plötzlich krachte der Ast, und in demselben Augenblick schlüpfte das Mädchen in die Haut, sprang wie ein Reh davon, und da der Mond sich zugleich bedeckte, so war sie seinen Blicken entzogen.

Kaum war sie verschwunden, so stieg der Graf von dem Baum herab und eilte ihr mit behenden Schritten nach. Er war noch nicht lange gegangen, so sah er in der Dämmerung zwei Gestalten über die Wiese wandeln. Es war der König und die Königin, die hatten aus der Ferne das Licht in dem Häuschen der Alten erblickt und waren drauf zugegangen. Der Graf erzählte ihnen, was er für Wunderdinge bei dem Brunnen gesehen hätte, und sie zweifelten nicht, daß das ihre verlorene Tochter gewesen wäre. Voll Freude gingen sie weiter und kamen bald bei dem Häuschen an; die Gänse saßen ringsherum, hatten den Kopf in die Flügel gesteckt und schliefen, und keine regte sich. Sie schauten zum Fenster hinein;

Elle n'avait pas de baguette à la main, mais il crut reconnaître la gardeuse d'oies qu'il avait vue auparavant dans la maison de la vieille. « Ho ho ! s'écria-t-il, la voilà, et si je tiens la première sorcière, la deuxième ne m'échappera pas. » Mais quel ne fut pas son étonnement en la voyant aller à la fontaine, ôter sa peau et se laver, puis quand ses cheveux d'or la recouvrirent et qu'elle apparut, si belle qu'il n'avait jamais rien vu au monde de pareil. C'est à peine s'il osait respirer, mais il tendit le cou aussi loin qu'il put à travers le feuillage et la regarda sans pouvoir en détacher les yeux. Mais soit qu'il se fût trop penché ou pour toute autre cause, soudain la branche craqua, et au même instant la jeune fille se glissa dans sa peau et s'enfuit en bondissant comme un chevreuil, et comme en même temps la lune se couvrait, elle fut ravie à ses regards.

A peine eut-elle disparu que le comte descendit de son arbre et se mit à la suivre d'un pas vif. Il n'avait pas encore marché longtemps lorsqu'il vit dans le crépuscule deux formes qui traversaient la prairie. C'étaient le roi et la reine qui avaient aperçu de loin la lumière dans la maisonnette de la vieille et s'y rendaient tout droit. Le comte leur raconta quels prodiges il avait vus près de la fontaine et ils ne doutèrent pas qu'il s'agissait de leur enfant perdue. Pleins de joie, ils continuèrent leur chemin et atteignirent bientôt la maison : les oies étaient couchées tout autour, la tête sous l'aile, elles dormaient et pas une ne bougea. Ils regardèrent par la fenêtre ;

da saß die Alte ganz still und spann, nickte mit dem
Kopf und sah sich nicht um. Es war ganz sauber in der
Stube, als wenn da die kleinen Nebelmännlein wohn-
ten, die keinen Staub auf den Füßen tragen. Ihre
Tochter aber sahen sie nicht. Sie schauten das alles
eine Zeitlang an, endlich faßten sie ein Herz und
klopften leise ans Fenster. Die Alte schien sie erwartet
zu haben, sie stand auf und rief ganz freundlich : »Nur
herein, ich kenne euch schon.« Als sie in die Stube
eingetreten waren, sprach die Alte : »Den weiten Weg
hättet ihr euch sparen können, wenn ihr euer Kind,
das so gut und liebreich ist, nicht vor drei Jahren
ungerechterweise verstoßen hättet. Ihr hat's nichts
geschadet, sie hat drei Jahre lang die Gänse hüten
müssen ; sie hat nichts Böses dabei gelernt, sondern ihr
reines Herz behalten. Ihr aber seid durch die Angst, in
der ihr gelebt habt, hinlänglich gestraft.« Dann ging
sie an die Kammer und rief : »Komm heraus, mein
Töchterchen.« Da ging die Türe auf, und die Königstochter trat heraus in ihrem seidenen Gewand und
ihren goldenen Haaren und ihren leuchtenden Augen,
und es war, als ob ein Engel vom Himmel käme.

Sie ging auf ihren Vater und ihre Mutter zu, fiel
ihnen um den Hals und küßte sie. Es war nicht anders,
sie mußten alle vor Freude weinen. Der junge Graf
stand neben ihnen, und als sie ihn erblickte, ward sie
rot im Gesicht wie eine Moosrose ; sie wußte selbst
nicht warum. Der König sprach : »Liebes Kind, mein
Königreich habe ich verschenkt, was soll ich dir
geben ?« — »Sie braucht nichts«, sagte die Alte,

la vieille était là, bien tranquille, elle filait en hochant la tête et ne levait pas les yeux. Tout était net dans la salle, comme si elle était habitée par les petits lutins qui ne gardent pas de poussière aux pieds. Mais ils ne virent pas leur fille. Ils contemplèrent tout cela un certain temps, puis ils s'armèrent de courage et frappèrent doucement à la fenêtre. La vieille paraissait les avoir entendus ; elle se leva et s'écria d'un air fort aimable : « Entrez donc, je vous connais. » Quand ils furent entrés, la vieille dit : « Vous auriez pu vous épargner cette longue route si, il y a trois ans, vous n'aviez chassé injustement votre enfant si bonne et si aimante. Elle, elle n'en a pas pâti, il lui a fallu garder les oies pendant trois ans, mais ce que faisant, elle n'a rien appris de mal, elle a conservé toute la pureté de son cœur. Quant à vous, vous êtes suffisamment punis par l'angoisse que vous avez endurée à cause d'elle. » Puis elle alla vers la chambre et dit : « Viens, ma petite fille. » Alors la porte s'ouvrit et la princesse sortit dans sa robe de soie, avec ses cheveux d'or et ses yeux brillants, et ce fut comme si un ange tombait du ciel.

Elle alla à son père et à sa mère, leur sauta au cou et les embrassa. Ils ne purent s'empêcher de pleurer tous de joie. Le jeune comte était auprès d'eux et quand elle l'aperçut, son visage rougit comme une rose moussue ; elle-même ne savait pas pourquoi. Le roi dit : « Chère enfant, j'ai donné mon royaume, à présent que puis-je t'offrir ? — Elle n'a besoin de rien, dit la vieille,

»ich schenke ihr die Tränen, die sie um euch geweint hat, das sind lauter Perlen, schöner, als sie im Meer gefunden werden, und sind mehr wert als euer ganzes Königreich. Und zum Lohn für ihre Dienste gebe ich ihr mein Häuschen.« Als die Alte das gesagt hatte, verschwand sie vor ihren Augen. Es knatterte ein wenig in den Wänden, und als sie sich umsahen, war das Häuschen in einen prächtigen Palast verwandelt, und eine königliche Tafel war gedeckt, und die Bedienten liefen hin und her.

Die Geschichte geht noch weiter, aber meiner Großmutter, die sie mir erzählt hat, war das Gedächtnis schwach geworden — sie hatte das übrige vergessen. Ich glaube immer, die schöne Königstochter ist mit dem Grafen vermählt worden, und sie sind zusammen in dem Schloß geblieben und haben da in aller Glückseligkeit gelebt, solange Gott wollte. Ob die schneeweißen Gänse, die bei dem Häuschen gehütet wurden, lauter Mädchen waren (es braucht's niemand übelzunehmen), welche die Alte zu sich genommen hatte, und ob sie jetzt ihre menschliche Gestalt wieder erhielten und als Dienerinnen bei der jungen Königin blieben, das weiß ich nicht genau, aber ich vermute es doch. So viel ist gewiß, daß die Alte keine Hexe war, wie die Leute glaubten, sondern eine weise Frau, die es gut meinte. Wahrscheinlich ist sie es auch gewesen, die der Königstochter schon bei der Geburt die Gabe verliehen hat, Perlen zu weinen statt der Tränen. Heutzutage kommt das nicht mehr vor, sonst könnten die Armen bald reich werden.

je lui fais cadeau des larmes qu'elle a versées à cause
de vous, ce ne sont que perles, plus belles que celles
qu'on trouve au fond de la mer, et plus précieuses que
votre royaume tout entier. Et en récompense de ses
services, je lui donne ma chaumière. » Quand elle eut
dit ces mots, elle disparut à leurs yeux. On entendit un
léger craquement dans les cloisons et quand ils tournè-
rent la tête, ils virent que la chaumière s'était transfor-
mée en un palais superbe, une table royale était
dressée et des laquais s'affairaient de tous côtés.

L'histoire continue, mais ma grand-mère, qui me l'a
racontée, avait un peu perdu la mémoire, elle avait
oublié le reste. Toutefois, je crois que la belle princesse
a épousé le comte, qu'ils sont restés ensemble dans le
château, et qu'ils y ont vécu en toute félicité aussi
longtemps que Dieu l'a voulu. Quant à savoir si les
oies blanches comme neige que l'on gardait autour de
la maison étaient autant de jeunes demoiselles (il n'y a
pas de quoi s'en formaliser) que la vieille avait prises
chez elle, et si elles ont maintenant leur forme humaine
et si elles sont restées comme servantes auprès de la
jeune reine, je n'en sais trop rien, mais je le suppose.
Une chose est certaine, c'est que la vieille n'était pas
une sorcière, comme les gens le croyaient, mais une
sage-femme [1] pleine de bonnes intentions. C'est probablement d'elle que, dès sa naissance, la princesse tenait
le don de pleurer des perles en guise de larmes. Ces
choses-là n'arrivent plus de nos jours, sans cela les
pauvres gens auraient tôt fait de s'enrichir.

1. Sur la traduction de « sage-femme » voir la préface p. 12.

Die Nixe im Teich

Es war einmal ein Müller, der führte mit seiner Frau ein vergnügtes Leben. Sie hatten Geld und Gut, und ihr Wohlstand nahm von Jahr zu Jahr noch zu. Aber Unglück kommt über Nacht : Wie ihr Reichtum gewachsen war, so schwand er von Jahr zu Jahr wieder hin, und zuletzt konnte der Müller kaum noch die Mühle, in der er saß, sein Eigentum nennen. Er war voll Kummer, und wenn er sich nach der Arbeit des Tags niederlegte, so fand er keine Ruhe, sondern wälzte sich voll Sorgen in seinem Bett. Eines Morgens stand er schon vor Tagesanbruch auf, ging hinaus ins Freie und dachte, es sollte ihm leichter ums Herz werden. Als er über dem Mühldamm dahinschritt, brach eben der erste Sonnenstrahl hervor, und er hörte in dem Weiher etwas rauschen. Er wendete sich um und erblickte ein schönes Weib, das sich langsam aus dem Wasser erhob. Ihre langen Haare, die sie über den Schultern mit ihren zarten Händen gefaßt hatte, flossen an beiden Seiten herab und bedeckten ihren weißen Leib.

L'ondine de l'étang

Il était une fois un meunier qui menait joyeuse vie
avec sa femme. Ils avaient de l'argent et du bien, et
leurs richesses s'accroissaient d'année en année. Mais
le malheur vient du jour au lendemain : de même que
leur richesse s'était accrue, de même elle fondit
d'année en année, et, pour finir, c'est tout juste si le
meunier put considérer comme sien le moulin où il
habitait. Il était rongé de chagrin, et quand il se
couchait après le travail de la journée, il ne trouvait
pas le repos, mais se retournait tout tracassé dans son
lit. Un matin, il se leva avant l'aube et alla prendre
l'air, pensant que cela le soulagerait un peu. Comme il
marchait sur la chaussée, le premier rayon de soleil se
montra et il entendit un léger bruit dans l'étang. Il se
retourna et aperçut une belle femme qui sortait
lentement de l'eau. Ses longs cheveux, qu'elle avait
mis sur ses épaules de ses mains délicates, tombaient
des deux côtés et couvraient son corps blanc.

Er sah wohl, daß es die Nixe des Teichs war, und wußte vor Furcht nicht, ob er davongehen oder stehenbleiben sollte. Aber die Nixe ließ ihre sanfte Stimme hören, nannte ihn bei Namen und fragte, warum er so traurig wäre. Der Müller war anfangs verstummt; als er sie aber so freundlich sprechen hörte, faßte er sich ein Herz und erzählte ihr, daß er sonst in Glück und Reichtum gelebt hätte, aber jetzt so arm wäre, daß er sich nicht zu raten wüßte. »Sei ruhig«, antwortete die Nixe, »ich will dich reicher und glücklicher machen, als du je gewesen bist, nur mußt du mir versprechen, daß du mir geben willst, was eben in deinem Hause jung geworden ist.« – »Was kann das anders sein«, dachte der Müller, »als ein junger Hund oder ein junges Kätzchen?« und sagte ihr zu, was sie verlangte. Die Nixe stieg wieder in das Wasser hinab, und er eilte getröstet und guten Mutes nach seiner Mühle. Noch hatte er sie nicht erreicht, da trat die Magd aus der Haustüre und rief ihm zu, er sollte sich freuen, seine Frau hätte ihm einen kleinen Knaben geboren. Der Müller stand wie vom Blitz gerührt; er sah wohl, daß die tückische Nixe das gewußt und ihn betrogen hatte. Mit gesenktem Haupt trat er zu dem Bett seiner Frau, und als sie ihn fragte : »Warum freust du dich nicht über den schönen Knaben?« so erzählte er ihr, was ihm begegnet war und was für ein Versprechen er der Nixe gegeben hatte. »Was hilft mir Glück und Reichtum«, fügte er hinzu, »wenn ich mein Glück verlieren soll? Aber was kann ich tun?« Auch die Verwandten, die herbeigekommen waren, Glück zu wünschen, wußten keinen Rat.

Il voyait bien que c'était l'ondine de l'étang, et de peur, il ne savait s'il devait prendre la fuite ou rester immobile. Mais l'ondine fit entendre sa voix suave, l'appela par son nom et lui demanda pourquoi il était si triste. Tout d'abord le meunier resta muet ; mais quand il l'entendit lui parler sur un ton si amical, il reprit courage et lui conta qu'autrefois il avait vécu dans le bonheur et l'aisance, mais que maintenant il était si pauvre qu'il ne savait plus que faire. « Rassure-toi, dit l'ondine, je te rendrai plus riche et plus heureux que tu ne l'as jamais été, promets-moi seulement que tu me donneras ce qui vient de naître dans ta maison. » « Qu'est-ce que cela peut être, pensa le meunier, sinon un jeune chien ou un jeune chat ? » et il lui accorda ce qu'elle lui demandait. L'ondine redescendit dans l'eau et le meunier rentra en hâte au moulin, rassuré et plein de courage. Il n'était pas encore arrivé que la servante sortit de la maison en lui criant de se réjouir, car sa femme venait de mettre au monde un petit garçon. Le meunier était comme frappé de la foudre : il voyait bien que l'ondine perfide l'avait su et qu'il avait été trompé. La tête basse, il s'approcha du lit de sa femme, et quand elle lui demanda : « Pourquoi ne te réjouis-tu pas de ce beau garçon ? », il lui raconta ce qui s'était passé, et quelle sorte de promesse il avait faite à l'ondine. « A quoi me sert le bonheur et la richesse, ajouta-t-il, si je dois perdre mon enfant ? Mais que faire ? » Même les parents qui étaient venus le féliciter ne surent que dire.

Indessen kehrte das Glück in das Haus des Müllers wieder ein. Was er unternahm, gelang, es war, als ob Kisten und Kasten von selbst sich füllten und das Geld im Schrank über Nacht sich mehrte. Es dauerte nicht lange, so war sein Reichtum größer als je zuvor. Aber er konnte sich nicht ungestört darüber freuen : die Zusage, die er der Nixe getan hatte, quälte sein Herz. Sooft er an dem Teich vorbeikam, fürchtete er, sie möchte auftauchen und ihn an seine Schuld mahnen. Den Knaben selbst ließ er nicht in die Nähe des Wassers : »Hüte dich«, sagte er zu ihm, »wenn du das Wasser berührst, so kommt eine Hand heraus, hascht dich und zieht dich hinab.« Doch als Jahr auf Jahr verging und die Nixe sich nicht wieder zeigte, so fing der Müller an, sich zu beruhigen.

Der Knabe wuchs zum Jüngling heran und kam bei einem Jäger in die Lehre. Als er ausgelernt hatte und ein tüchtiger Jäger geworden war, nahm ihn der Herr des Dorfs in seine Dienste. In dem Dorf war ein schönes und treues Mädchen, das gefiel dem Jäger, und als sein Herr das bemerkte, schenkte er ihm ein kleines Haus ; die beiden hielten Hochzeit, lebten ruhig und glücklich und liebten sich von Herzen.

Einstmals verfolgte der Jäger ein Reh. Als das Tier aus dem Wald in das freie Feld ausbog, setzte er ihm nach und streckte es endlich mit einem Schuß nieder. Er bemerkte nicht, daß er sich in der Nähe des gefährlichen Weihers befand, und ging, nachdem er das Tier ausgeweidet hatte, zu dem Wasser, um seine mit Blut befleckten Hände zu waschen.

Cependant, le bonheur revenait dans la maison du meunier. Tout ce qu'il entreprenait réussissait, c'était comme si les caisses et les coffres se remplissaient d'eux-mêmes, comme si l'argent se multipliait dans l'armoire en une nuit. En peu de temps, sa richesse fut plus grande que jamais auparavant. Mais il ne pouvait en concevoir une joie sans mélange : la promesse qu'il avait faite à l'ondine tourmentait son cœur. Chaque fois qu'il passait devant l'étang, il craignait de la voir surgir pour lui réclamer sa dette. Il ne laissait pas l'enfant s'approcher de l'eau : « Prends garde, lui disait-il, si tu touches l'eau, une main viendra te prendre et t'attirera au fond. » Cependant, comme les années passaient et que l'ondine ne se montrait toujours pas, le meunier commença à se rassurer.

Le garçon devint un jeune homme et il entra en apprentissage chez un chasseur. Quand il eut terminé son apprentissage et fut devenu un chasseur accompli, le seigneur du village le prit à son service. Au village, il y avait une jeune fille, jolie et dévouée, qui plut au chasseur, et quand son maître s'en aperçut, il lui donna une petite maison, les deux jeunes gens célébrèrent leurs noces, vécurent paisibles et heureux et s'aimèrent de tout leur cœur.

Un jour, le chasseur poursuivit un chevreuil. Quand, au sortir de la forêt, l'animal fit un détour en rase campagne, il se mit à sa poursuite et l'abattit finalement d'un coup. Il ne remarqua pas qu'il se trouvait au voisinage de l'étang dangereux, et, après avoir vidé la bête, il alla à l'eau pour laver ses mains tachées de sang.

Kaum aber hatte er sie hineingetaucht, als die Nixe emporstieg, lachend mit ihren nassen Armen ihn umschlang und so schnell hinabzog, daß die Wellen über ihm zusammenschlugen.

Als es Abend war und der Jäger nicht nach Haus kam, so geriet seine Frau in Angst. Sie ging aus, ihn zu suchen, und da er ihr oft erzählt hatte, daß er sich vor den Nachstellungen der Nixe in acht nehmen müßte und nicht in die Nähe des Weihers sich wagen dürfte, so ahnte sie schon, was geschehen war. Sie eilte zu dem Wasser, und als sie am Ufer seine Jägertasche liegen fand, da konnte sie nicht länger an dem Unglück zweifeln. Wehklagend und händeringend rief sie ihren Liebsten mit Namen, aber vergeblich. Sie eilte hinüber auf die andere Seite des Weihers und rief ihn aufs neue, sie schalt die Nixe mit harten Worten, aber keine Antwort erfolgte. Der Spiegel des Wassers blieb ruhig, nur das halbe Gesicht des Mondes blickte unbeweglich zu ihr herauf.

Die arme Frau verließ den Teich nicht. Mit schnellen Schritten, ohne Rast und Ruhe, umkreiste sie ihn immer von neuem, manchmal still, manchmal einen heftigen Schrei ausstoßend, manchmal in leisem Wimmern. Endlich waren ihre Kräfte zu Ende – sie sank zur Erde nieder und verfiel in einen tiefen Schlaf. Bald überkam sie ein Traum.

Sie stieg zwischen großen Felsblöcken angstvoll aufwärts; Dornen und Ranken hakten sich an ihre Füße, der Regen schlug ihr ins Gesicht, und der Wind zauste ihr langes Haar. Als sie die Anhöhe erreicht hatte, bot sich ein ganz anderer Anblick dar.

Mais à peine les y eut-il plongées que l'ondine surgit, le prit en riant entre ses bras humides et l'entraîna si vite au fond que les ondes se refermèrent sur lui.

Comme le soir tombait et que le chasseur ne rentrait pas, sa femme fut prise de peur. Elle sortit pour le chercher et comme il lui avait souvent raconté qu'il devait se méfier des pièges de l'ondine et ne pas se risquer dans le voisinage de l'étang, elle devina ce qui s'était passé. Elle courut à l'eau et quand elle eut trouvé sa gibecière sur la rive, elle ne douta plus de son malheur. Se lamentant et joignant les mains, elle appela son bien-aimé par son nom, mais en vain : elle courut de l'autre côté de l'étang et recommença à l'appeler, accablant l'ondine de dures paroles, mais elle ne reçut pas de réponse. La surface de l'eau restait calme, seul le demi-visage de la lune regardait vers elle sans bouger.

La pauvre femme ne quitta pas l'étang. Sans trêve ni répit, elle en fit le tour d'un pas précipité, tantôt en se taisant, tantôt en poussant un cri déchirant, tantôt en gémissant d'une voix douce. Enfin ses forces s'épuisèrent : elle s'affaissa sur le sol et tomba dans un profond sommeil. Et bientôt elle fit un rêve.

Elle montait pleine d'angoisse entre deux grands blocs de rochers, les épines et les ronces lui déchiraient les pieds, la pluie lui cinglait le visage et le vent mugissait dans ses longs cheveux. Parvenue au sommet un tout autre spectacle s'offrait à elle.

Der Himmel war blau, die Luft mild, der Boden senkte sich sanft hinab, und auf einer grünen, bunt beblümten Wiese stand eine reinliche Hütte. Sie ging darauf zu und öffnete die Türe; da saß eine Alte mit weißen Haaren, die ihr freundlich winkte. In dem Augenblick erwachte die arme Frau. Der Tag war schon angebrochen, und sie entschloß sich, gleich dem Traum Folge zu leisten. Sie stieg mühsam den Berg hinauf, und es war alles so, wie sie es in der Nacht gesehen hatte. Die Alte empfing sie freundlich und zeigte ihr einen Stuhl, auf den sie sich setzen sollte. »Du mußt ein Unglück erlebt haben«, sagte sie, »weil du meine einsame Hütte aufsuchst.« Die Frau erzählte ihr unter Tränen, was ihr begegnet war. »Tröste dich«, sagte die Alte, »ich will dir helfen : da hast du einen goldenen Kamm. Harre, bis der Vollmond aufgestiegen ist, dann geh zu dem Weiher, setze dich am Rand nieder und strähle dein langes schwarzes Haar mit diesem Kamm. Wenn du aber fertig bist, so lege ihn am Ufer nieder, und du wirst sehen, was geschieht.«

Die Frau kehrte zurück, aber die Zeit bis zum Vollmond verstrich ihr langsam. Endlich erschien die leuchtende Scheibe am Himmel; da ging sie hinaus an den Weiher, setzte sich nieder und kämmte ihre langen schwarzen Haare mit dem goldenen Kamm, und als sie fertig war, legte sie ihn an den Rand des Wassers nieder. Nicht lange, so brauste es aus der Tiefe, eine Welle erhob sich, rollte an das Ufer und führte den Kamm mit sich fort. Es dauerte nicht länger, als der Kamm nötig hatte, auf den Grund zu sinken, so teilte sich der Wasserspiegel und der Kopf des Jägers stieg in die Höhe.

Le ciel était bleu, l'air léger, le sol descendait en pente douce, et sur une prairie verte parsemée de fleurs de toutes couleurs se dressait une hutte bien propre. Elle allait dans cette direction et ouvrait la porte ; il y avait là une vieille à cheveux blancs qui lui faisait un signe amical. A cet instant, la pauvre femme se réveilla. Le jour était déjà levé, et elle résolut de suivre aussitôt les indications du rêve. Elle gravit péniblement la montagne et tout se trouva comme elle l'avait vu dans la nuit. La vieille l'accueillit aimablement et lui montra une chaise, où elle la fit asseoir. « Il doit t'être arrivé malheur, dit-il, pour que tu cherches refuge dans ma hutte solitaire. » La femme en larmes lui raconta ce qui lui était arrivé : « Rassure-toi, lui dit la vieille, je vais te venir en aide : voici un peigne d'or. Attends que la pleine lune monte dans le ciel, puis va à l'étang, assieds-toi sur la rive et démêle avec ce peigne tes longs cheveux noirs. Mais quand tu auras fini, pose le peigne près du bord, et tu verras ce qui va se passer. »

La femme rentra chez elle, mais le temps lui parut long jusqu'à l'apparition de la pleine lune. Enfin, le disque lumineux apparut dans le ciel : alors elle se dirigea vers l'étang, s'assit sur le bord et peigna ses longs cheveux noirs avec le peigne d'or, et quand elle eut fini, elle le posa sur le bord de l'eau. Aussitôt, l'abîme bouillonna, une vague se souleva, roula sur la rive et emporta le peigne. En un rien de temps, autant qu'il en fallait au peigne pour toucher le fond, la surface de l'eau se fendit et la tête du chasseur surgit.

Er sprach nicht, schaute aber seine Frau mit traurigen Blicken an. In demselben Augenblick kam eine zweite Welle herangerauscht und bedeckte das Haupt des Mannes. Alles war verschwunden, der Weiher lag so ruhig wie zuvor, und nur das Gesicht des Vollmondes glänzte darauf.

Trostlos kehrte die Frau zurück, doch der Traum zeigte ihr die Hütte der Alten. Abermals machte sie sich am nächsten Morgen auf den Weg und klagte der weisen Frau ihr Leid. Die Alte gab ihr eine goldene Flöte und sprach : »Harre, bis der Vollmond wieder kommt, dann nimm diese Flöte, setze dich an das Ufer, blas ein schönes Lied darauf, und wenn du damit fertig bist, so lege sie auf den Sand ; du wirst sehen, was geschieht.«

Die Frau tat, wie die Alte gesagt hatte. Kaum lag die Flöte auf dem Sand, so brauste es aus der Tiefe – eine Welle erhob sich, zog heran und führte die Flöte mit sich fort. Bald darauf teilte sich das Wasser, und nicht bloß der Kopf, auch der Mann bis zur Hälfte des Leibes stieg hervor. Er breitete voll Verlangen seine Arme nach ihr aus, aber eine zweite Welle rauschte heran, bedeckte ihn und zog ihn wieder hinab.

»Ach, was hilft es mir«, sagte die Unglückliche, »daß ich meinen Liebsten nur erblicke, um ihn wieder zu verlieren.« Der Gram erfüllte aufs neue ihr Herz, aber der Traum führte sie zum drittenmal in das Haus der Alten. Sie machte sich auf den Weg, und die weise Frau gab ihr ein goldenes Spinnrad, tröstete sie und sprach :

Il ne parla pas, mais regarda sa femme avec des yeux tristes. Au même instant, une seconde vague déferla en mugissant et recouvrit la tête de l'homme. Tout avait disparu, l'étang était aussi tranquille qu'auparavant et seul s'y reflétait le visage de la pleine lune.

Désolée, la femme rentra, mais elle vit en rêve la hutte de la vieille. Le lendemain, elle se remit en route et alla conter ses peines à la sage-femme [1]. La vieille lui donna une flûte d'or en lui disant : « Attends de nouveau la pleine lune, puis prends cette flûte, assieds-toi sur la rive et joue une belle mélodie, et quand tu auras fini, pose la flûte sur le sable ; tu verras ce qui va se passer. »

La femme fit ce que la vieille avait dit. A peine eut-elle posé la flûte sur le sable que l'abîme bouillonna : une vague se souleva, s'approcha et emporta la flûte. Peu après, l'eau se partagea et ce ne fut plus seulement la tête, mais la moitié du corps de l'homme qui apparut. Il tendit les bras vers elle, plein de désir, mais une seconde vague déferla, le recouvrit et l'emporta au fond.

« Ah, dit la malheureuse, à quoi me sert de voir mon bien-aimé si je dois toujours le perdre ? » Le chagrin emplit de nouveau son cœur, mais un rêve la conduisit pour la troisième fois dans la maison de la vieille. Elle se mit en route, la vieille lui donna un rouet d'or et la consola en lui disant :

---

1. Sur la traduction de « sage-femme » voir la préface, p. 12.

»Es ist noch nicht alles vollbracht, harre, bis der Vollmond kommt, dann nimm das Spinnrad, setze dich an das Ufer und spinn die Spule voll und wenn du fertig bist, so stelle das Spinnrad nahe an das Wasser, und du wirst sehen, was geschieht.«

Die Frau befolgte alles genau. Sobald der Vollmond sich zeigte, trug sie das goldene Spinnrad an das Ufer und spann emsig, bis der Flachs zu Ende und die Spule mit dem Faden ganz angefüllt war. Kaum aber stand das Rad am Ufer, so brauste es noch heftiger als sonst in der Tiefe des Wassers, eine mächtige Welle eilte herbei und trug das Rad mit sich fort. Alsbald stieg mit einem Wasserstrahl der Kopf und der ganze Leib des Mannes in die Höhe. Schnell sprang er ans Ufer, faßte seine Frau an der Hand und entfloh. Aber kaum hatten sie sich eine kleine Strecke entfernt, so erhob sich mit entsetzlichem Brausen der ganze Weiher und strömte mit reißender Gewalt in das weite Feld hinein. Schon sahen die Fliehenden ihren Tod vor Augen; da rief die Frau in ihrer Angst die Hilfe der Alten an, und in dem Augenblick waren sie verwandelt, sie in eine Kröte, er in einen Frosch. Die Flut, die sie erreicht hatte, konnte sie nicht töten, aber sie riß sie beide voneinander und führte sie weit weg.

Als das Wasser sich verlaufen hatte und beide wieder den trocknen Boden berührten, so kam ihre menschliche Gestalt zurück. Aber keiner wußte, wo das andere geblieben war; sie befanden sich unter fremden Menschen, die ihre Heimat nicht kannten. Hohe Berge und tiefe Täler lagen zwischen ihnen. Um sich das Leben zu erhalten, mußten beide die Schafe hüten.

« Tout n'est pas encore accompli, attends que la pleine lune se montre, puis prends ce rouet, assieds-toi sur la rive et file toute la bobine ; quand tu auras fini, pose le rouet près de l'eau et tu verras ce qui va se passer. »

La femme obéit scrupuleusement à tout. Dès que la pleine lune se montra, elle porta le rouet d'or sur la rive et se mit à filer avec diligence, jusqu'à ce qu'elle n'eût plus de fil et que la bobine fût remplie. Mais à peine eût-elle posé le rouet sur le bord que l'abîme bouillonna encore plus fort que les autres fois, une vague puissante s'élança et emporta le rouet. Aussitôt la tête et tout le corps de l'homme surgirent dans un jet d'eau. Vite il sauta sur la rive, prit sa femme dans ses bras et s'enfuit. Mais ils n'avaient pas fait beaucoup de chemin que l'étang tout entier se soulevait dans un grondement effroyable et inondait la vaste campagne avec une force dévastatrice. Les fugitifs se voyaient déjà perdus : alors la femme dans son angoisse appela la vieille à l'aide, et à l'instant ils furent changés : elle en grenouille, lui en crapaud. Le flot qui les avait atteints ne put pas les tuer, mais il les sépara l'un de l'autre et les emporta très loin.

Quand l'eau se fut retirée et qu'ils eurent de nouveau le sol sec sous les pieds, ils reprirent leur forme humaine. Mais chacun d'eux ignorait où était l'autre ; ils se trouvaient parmi des hommes étrangers qui ne connaissaient pas leur patrie. De hautes montagnes et des vallées profondes les séparaient. Pour subvenir à leurs besoins, ils durent garder les moutons.

Sie trieben lange Jahre ihre Herden durch Feld und Wald und waren voll Trauer und Sehnsucht.

Als wieder einmal der Frühling aus der Erde hervorgebrochen war, zogen beide an einem Tag mit ihren Herden aus, und der Zufall wollte, daß sie einander entgegenzogen. Er erblickte an einem fernen Bergesabhang eine Herde und trieb seine Schafe nach der Gegend hin. Sie kamen in einem Tal zusammen, aber sie erkannten sich nicht, doch freuten sie sich, daß sie nicht mehr so einsam waren. Von nun an trieben sie jeden Tag ihre Herden nebeneinander. Sie sprachen nicht viel, aber sie fühlten sich getröstet. Eines Abends, als der Vollmond am Himmel schien und die Schafe schon ruhten, holte der Schäfer die Flöte aus seiner Tasche und blies ein schönes, aber trauriges Lied. Als er fertig war, bemerkte er, daß die Schäferin bitterlich weinte. »Warum weinst du?« fragte er. »Ach«, antwortete sie, »so schien auch der Vollmond, als ich zum letztenmal dieses Lied auf der Flöte blies und das Haupt meines Liebsten aus dem Wasser hervorkam.« Er sah sie an, und es war ihm, als fiele eine Decke von den Augen; er erkannte seine liebste Frau; und als sie ihn anschaute und der Mond auf sein Gesicht schien, erkannte sie ihn auch. Sie umarmten und küßten sich, und ob sie glückselig waren, braucht keiner zu fragen.

Des années durant ils menèrent paître leur troupeau par les prés et les champs, et ils étaient emplis de tristesse et de nostalgie.

Un jour que le printemps avait de nouveau jailli de la terre, ils menèrent tous deux paître leur troupeau, et le hasard voulut qu'ils allassent à la rencontre l'un de l'autre. Ayant aperçu un troupeau sur une pente lointaine, il mena ses brebis dans cette direction. Ils se rencontrèrent dans une vallée, mais ils ne se reconnurent pas, cependant ils furent heureux de n'être plus aussi seuls. Dès lors, ils menèrent leurs troupeaux paître ensemble tous les jours, et ils se sentirent consolés. Un soir que la pleine lune paraissait au ciel et que les brebis étaient couchées, le berger tira une flûte de son sac et joua une chanson qui était belle, mais triste. Quand il eut fini, il vit la bergère pleurer amèrement. « Pourquoi pleures-tu ? demanda-t-il. — Ah, répondit-elle, c'était aussi la pleine lune la dernière fois que j'ai joué cette chanson sur ma flûte et que la tête de mon bien-aimé a surgi de l'eau. » Il la regarda, et ce fut comme si un voile lui tombait des yeux ; il reconnut sa femme bien-aimée ; et quand elle regarda son visage éclairé par la lune, elle le reconnut aussi, ils s'étreignirent et s'embrassèrent et point n'est besoin de demander s'ils furent heureux.

Der goldene Schlüssel

Zur Winterszeit, als einmal ein tiefer Schnee lag, mußte ein armer Junge hinausgehen und Holz auf einem Schlitten holen. Wie er es nun zusammengesucht und aufgeladen hatte, wollte er, weil er so erfroren war, noch nicht nach Haus gehen, sondern erst Feuer anmachen und sich ein bißchen wärmen. Da scharrte er den Schnee weg, und wie er so den Erdboden aufräumte, fand er einen kleinen goldenen Schlüssel. Nun glaubte er, wo der Schlüssel wäre, müßte auch das Schloß dazu sein, grub in der Erde und fand ein eisernes Kästchen. Wenn der Schlüssel nur paßt! dachte er, es sind gewiß kostbare Sachen in dem Kästchen. Er suchte, aber es war kein Schlüsselloch da; endlich entdeckte er eins, aber so klein, daß man es kaum sehen konnte. Er probierte, und der Schlüssel paßte glücklich. Da drehte er einmal herum, und nun müssen wir warten, bis er vollends aufgeschlossen und den Deckel aufgemacht hat, dann werden wir erfahren, was für wunderbare Sachen in dem Kästchen lagen.

La clé d'or

Par un jour d'hiver, la terre étant couverte d'une épaisse couche de neige, un pauvre garçon dut sortir pour aller chercher du bois en traîneau. Quand il eut ramassé le bois et chargé le traîneau, il était tellement gelé qu'il ne voulut pas rentrer chez lui tout de suite, mais faire du feu pour se réchauffer un peu d'abord. Il balaya la neige, et tout en raclant ainsi le sol, il trouva une petite clé d'or. Croyant que là où était la clé, il devait y avoir aussi la serrure, il creusa la terre et trouva une cassette de fer. Pourvu que la clé aille! pensa-t-il, la cassette contient sûrement des choses précieuses. Il chercha, mais ne vit pas le moindre trou de serrure; enfin il en découvrit un, mais si petit que c'est tout juste si on le voyait. Il essaya la clé, elle allait parfaitement. Puis il la tourna une fois dans la serrure, et maintenant il nous faut attendre qu'il ait fini d'ouvrir et soulevé le couvercle, nous saurons alors quelles choses merveilleuses étaient contenues dans la cassette.

DANS LA MÊME COLLECTION

ANGLAIS

DAHL *Two fables* / La princesse et le braconnier
FAULKNER *As I lay dying* / Tandis que j'agonise
SWIFT *A voyage to Lilliput* / Voyage à Lilliput
UHLMAN *Reunion* / L'ami retrouvé

ALLEMAND

GOETHE *Die Leiden des jungen Werther* / Les souffrances
du jeune Werther
GRIMM *Märchen* / Contes

RUSSE

GOGOL *Записки сумасшедшего* / *Нос* / *Шинель* / Le journal
d'un fou / Le nez / Le manteau
TOURGUÉNIEV *Первая любовь* / Premier amour

ITALIEN

MORAVIA *L'amore conjugale* / L'amour conjugal *(à
paraître)*
PIRANDELLO *Novelle per un anno* / Nouvelles pour une
année (choix)

ESPAGNOL

BORGES *El libro de arena* / Le livre de sable
CARPENTIER *Concierto Barroco* / Concert baroque *(à
paraître)*

Impression Bussière à Saint-Amand (Cher),
le 11 septembre 1990.
Dépôt légal : Septembre 1990.
Numéro d'imprimeur : 1092.
ISBN 2-07-038282-6. / Imprimé en France.